「すまなかった、
本当にすまなかった」
レオルド・ハーヴェスト
「ずっと、ずっとお前達を
苦しませていたんだな……俺は。
謝った所で許されることではないが、
それでも言わせてくれ」
レグルス・ハーヴェスト
レイラ・ハーヴェスト

（むふ〜〜〜〜！
ちょっと楽しみだぜッ！）
鍛冶屋へやってきた二人は
一緒に店内を見て回る。
その間、レオルドは隠しているのだろうが
妙にソワソワとしている。
レオルドの態度が
おかしいことに気がついたシルヴィアは
彼の心情を酌み取り、それとなく誘導する。

『レオルド様。私、もっと見てみたいです』
（まあまあ、フフフ。レオルド様ったら可愛らしいこと……）
シルヴィア・アルガベイン

バルバロト・ドグルム
式場の真ん中を二人が歩いて来る。
無垢《むく》なる純白のタキシードを
身に纏うバルバロトと
穢《けが》れを知らない純白の
ウェディングドレスを身に纏い、
ベールを被ったイザベルを見た参列者は
あまりの美しさに息を呑《の》む。
イザベル

エロゲ転生
運命に抗う金豚貴族の奮闘記 3

名無しの権兵衛

OVERLAP

Reincarnation to the World of
"ERO-GE"

3

The Story about Lazy Aristocrat
Who Struggle for Resist His Destiny

CONTENTS

プロローグ

レオルドが国王からの依頼で王都の研究者達《たち》に空間についての勉強会を行っている頃、レグルスとレイラは買い物の為《ため》に馬車に乗っていた。数人の護衛を引き連れており、よほどのことがない限りは問題ないだろう。

馬車に揺られながらレグルスとレイラは窓から覗《のぞ》く外の景色を眺めていた。色褪《いろあ》せない街並みに二人は複雑な気持ちを抱く。どうして兄は今更変わったのだろうかと。

かつて自分達がどれだけ言っても変わることのなかった兄が今更変わってしまった。もう思い出すことも見ることもないと思っていたはずの兄がだ。

窓の外を眺めつつ、脳裏に浮かぶのは忌々しい過去。かつて金豚と呼ばれるようになったレオルドとの思い出が蘇《よみがえ》っていく。

これは昔の話。まだ、三人が仲の良かった頃の話である。

ゲームでは語られる事のなかった過去の物語。レオルドが六歳、レグルスとレイラが四歳の頃。

「レオ兄さん。今日も剣の稽古して！」

忙しい両親に甘える事が出来なかった二人は兄であるレオルドにいつも遊んでもらっていた。レグルスはレオルドに剣の稽古を頼んで、いつも付き合ってもらっている。

「いいぞ。俺に勝てるかな？」

「今日は勝つもん！」

幼いレオルドとレグルスは家庭教師から教わっていた剣術を用いて、チャンバラごっこを始める。カンカンッと木剣のぶつかる音が小気味好《よ》く響いていた。

しばらくは続いていたが、やがてドサリと尻餅をつく音が聞こえる。レグルスの方が音を上げて、地面に尻餅をついた。

「やっぱり、レオ兄さんは強いや」

「ははっ。まあな」

笑い合う二人に近づく影が一つ。レオルドに飛びつき、身体《からだ》を寄せるのは幼きレイラであった。

「レオ兄さん。剣の稽古が終わったのなら私に本を読んで聞かせて！」

「いいぞ。今日はどんな本がいいんだ」

「えっとね、これなんだけど、いい？」

レイラが取り出したのは、ごくありふれた童話の本である。

魔王に囚《とら》われたお姫さまを勇者が助ける御伽噺《おとぎばなし》。レオルドは本のタイトルを見て、嫌な顔一つせずに了承した。

「よし、これだな？　じゃあ、部屋に戻るか。レグルスも行くぞ」

「うん！」

「あ、待ってよ。レオ兄さん！」

先頭を歩くレオルドについて行く二人は幸せであった。この頃までは。

レオルドが変わり始めたのは、それから一年後の事である。王都で開かれた武術大会の少年の部で七歳にして優勝を果たしたのだ。

神童と持てはやされてレオルドが天狗《てんぐ》になってしまうのは当たり前の事だろう。心身共に未熟な子供なのだから、大人に沢山褒められれば調子に乗るに決まっている。

「レオ兄さん。今日も剣の稽古付き合ってよ！」

「ああ？　俺は忙しいんだよ。あっち行け」

鬱陶しいと言わんばかりに手を振って追い払うレオルドだが、レグルスは諦めずに兄に頼み込む。

「お願いだよ。少しでいいから！」

「ちっ……わかったよ。少しだけな」

見るからに嫌そうなレオルドはレグルスとの剣の稽古に精を出すことはなかった。むしろ、鬱陶しいとばかりにレグルスへ思い切り木剣を叩《たた》き付けたのだ。

「オラオラッ！」

まだ幼い弟相手にレオルドは容赦なく木剣を叩き付けて、早々に稽古を終わらせる。乱暴に倒されたレグルスは尻餅をついて涙目になっていた。

「い、いたいよ……レオ兄さん」

「じゃあ、もっと強くなれよ。俺みたいにな」

剣の稽古が終わった頃を見計らってレイラが現れる。しかし、レオルドに睨《にら》まれてお願いを言い出せずに躊躇《ちゅうちょ》してしまう。そうしているとレオルドはレイラから顔を背けて去っていった。

不機嫌そうにしていたレオルドが去っていったのを確認したレイラはレグルスの元へと駆け寄る。レオルドに痛めつけられた箇所を押さえているレグルスにレイラは心配そうに声を掛けた。

「レグルス兄《にい》。大丈夫？」

「うん。ちょっと痛いけど平気だよ。それよりも、やっぱりレオ兄さんは強くてかっこいいな～」

「うん！　私もそう思う。でも、最近はちょっと怖いかな」

しかし、それからもレオルドが態度を改めることはなかった。どんどん増長していき、他人を見下すようになり、気に食わないことがあると癇癪《かんしゃく》を起こす。

どれだけの使用人がレオルドの癇癪で辞めさせられたかは数え切れないほどだ。ベルーガが叱って注意するもののレオルドは聞く耳持たず。

オリビアが使用人達を助けるも、レオルドが許さなかった。

辞めさせたはずの使用人を見つけると、レオルドは暴力を振るうこともあった。

「なんでお前がいるんだ！　早く辞めろっ！」

相手が女性であろうとレオルドは躊躇《ためら》うことなく暴力を振るった。使用人がその事を報告すれば、レオルドはベルーガに叱られた後に復讐《ふくしゅう》を行う凶暴な性格になっていく。

「お前のせいで父上に叱られた！　使用人の分際で公爵家次期当主の俺に刃向かった事を思い知れ！！！」

それ以降、使用人達はベルーガに報告することはなかった。レオルドに復讐されるのを恐れて。だから、レオルドに目を付けられた使用人達は皆どのような目に遭うか知っていたので辞めていった。

使用人達からの報告もなくなりレオルドが大人しくなったとベルーガは勘違いしていたが、辞めていく使用人達が後を絶たなかったので、まだレオルドは反省していない事を知ったベルーガはギルバートをお目付け役にした。その後、レオルドの更生を何度か試みたものの、猫の皮を被《かぶ》るのが上手《うま》くなるだけであった。

そして、武術の鍛錬をサボるようになり、ブクブクと醜く太り始める。やがて、社交界に出ると金色の豚と嘲笑《あざわら》われるようになった。

「レオ兄さんの悪口はやめてください！」

「そうです！　今はちょっと、太ってはいますけど、いつか痩せて素敵なレオ兄さんになるんです！」

同じように社交界デビューした二人が必死にレオルドを庇《かば》うものの、レオルドの性向が良くなることはない。

そして、だんだん二人は諦め始める。もう、これ以上は見ていられないと。

そんな折に二人は母親オリビアが泣いているのを目撃した。それからだ。二人がレオルドを庇うのを止《や》めて恨み始めたのは。

あの優しい母親を泣かせる兄が許せないと。

あの偉大な父親を困らせる兄が許せないと。

それからは毎日レオルドを恨む日々ばかり。恨みが増していく中、やがて終わりが訪れたのだ。レオルドが決闘に敗北したと二人は知って喜んだ。これでもう両親が悲しむことはないと、これでもう二度と兄のせいで苦しむことはないと、二人は泣いて喜んだのだった。

「ちッ……」

舌打ちをするレグルス。随分と懐かしい記憶を思い出してしまったと苦い表情をしていた。

（全く、忌々しい。どうして今更心変わりしたのか。あれだけ僕達が散々言っても聞かなかったくせに……！　父上も母上もどうかしている。少し変わったくらいで大喜びして！　どうせ、猫の皮を被っているだけだ。いつか本性を現すに違いない！　僕は絶対に騙《だま》されるもんかッ！）

馬車に揺られながらレグルスは決意する。絶対に兄の化けの皮を剝いでやると。そして、皆の目を覚ましてやるんだと意気込むのであった。

それから、しばらくすると馬車は人通りの少ない道を通る。すると、その時、馬車を引いている馬の前に弓矢が射られた。

驚いて馬が立ち止まり、馬車の中にいたレグルスとレイラも驚いてしまう。一体、何事かと御者に問い詰めようとした時、外にいる護衛の騎士から注意される。

「レグルス様とレイラ様はそのまま馬車の中にいてください！　何者かの襲撃です！」

襲撃という二文字に二人は怯《おび》える。今までそんな経験などないからだ。王都内である上に自分達は公爵家の人間だ。襲うと考える方が愚かだろう。

しかし、現に今襲われているのだ。馬車の外から聞こえてくる騎士の怒号に、襲撃者達と思われる複数の罵声。

しばらくの間、身を寄せ合って隠れていた二人だが騎士と襲撃者達の戦闘音が収まった事に気がつく。レグルスは嫌な予感がして生唾をゴクリと呑《の》んだ。

騎士が勝利したならば報告があるはず。それがないと言うことは、つまり負けたということ。公爵家に仕える騎士は全員が猛者ばかり。

そんな彼らが襲撃者に負けるなど冗談にも笑えない。レグルスの呼吸は荒くなり、傍《そば》にいるレイラは兄が焦っているのを見て余計に怖くなる。

「レグルス兄さん……」

「大丈夫。僕がいる」

馬車の方へ足音が近づいて来るのをレグルスは聞き取り、魔法を放つ準備をする。呼吸を整えて扉が開いた瞬間魔法を撃とうとしていたレグルス。そして、馬車の扉が開きそうになった瞬間、馬車の窓から襲撃者が飛び込んできた。

「きゃあああああっ！！！」

思わぬ場所からの襲撃にレグルスは対応が遅れてしまう。襲撃者はレイラを人質に取り、彼女の喉へ剣を向けた。

「ははははっ！　利口な坊ちゃんだ！　だが、そう甘くはねえよ！」

「くっ……！　レイラを離せ！」

「そっちこそ状況を理解してないのか？　お前が魔法を撃つより先にこの娘の喉を掻《か》っ切る方が早いんだぜ？」

状況を理解しているレグルスは歯を食い縛る。魔法を撃てば襲撃者は倒せるが同時に妹の命はない。レグルスは悔しそうに襲撃者を睨んで手を下ろした。

「……お前達《たち》の目的はなんなんだ！　答えろ！」

「ああん!?　お前自分の立場が分かってねえのか！」

「ひっ！」

質問したレグルスに襲撃者の男は怒ってレイラにナイフを近づけた。切っ先がレイラの肌に触れて一筋の血が流れる。

小さく悲鳴を上げるレイラは怯えた目でレグルスを見詰める。それを見たレグルスは刺激するのは危険だと判断して大人しく言う事に従った。

「……わかった。言う事に従うから、レイラは解放して欲しい」

「いいや、ダメだね。大体、必要なのはこっちの方だしな」

「なっ！　レイラをどうするつもりだ！」

「どうもこうもねえよ。ただ、一つだけ教えておいてやるよ。お前らが大嫌いな兄貴の所《せ》為《い》だってな。ぎゃはははははははっ！！！」

下品に笑う男の声はレグルスには届いてはいなかった。レグルスの胸中にはレオルドへの憎悪が渦巻いていた。

（どうして、あんな奴《やつ》のせいで僕やレイラが傷つかなくちゃならないんだ！）

怒りに拳を握り締めて震えているレグルスを襲撃者達は縛り上げてレイラと共に連れて行く。本来ならレイラのみであったが、たまたま一緒にいたからという事で連行した。

頭に袋を被せられた二人は窓もない狭くて薄暗い部屋に押し込められることとなる。二人を監禁した後、襲撃犯の一人がボスへ報告を行う。

部下からの報告を受けたボスはレイラ一人を攫《さら》ってくる予定であったのに、何故《なぜ》レグルスまでいるのかと部下に尋ねた。

「おい、一人だけじゃなかったのか？」

「どうやら、一緒の馬車に乗っていたようです。それで、ついでにというわけです」

「はあ～。いい加減な仕事しやがって。まあいい。連れて来ちまったもんは仕方がねえ。公爵家に手紙を出しとけ」

「わかりました」

襲撃犯のボスである男は部下の適当な仕事に溜息《ためいき》を吐《つ》いたが、人質は多い方が便利かと考えて一人納得するのであった。

翌日、公爵家に手紙が届けられる事になる。その内容は二人の身柄とレオルドの交換であった。

これに対して公爵家当主であるベルーガは憤慨する。だが、しかし、相手の手にはレグルスとレイラの命が握られていた。

これでは迂闊《うかつ》に手を出す事が出来ない。ベルーガはどうするべきかと迷う。二人とレオルドを天秤《てんびん》にかけた。

父親として公爵家当主として苦渋の決断をする。ベルーガはレオルドを取る事にしたのだ。

今のレオルドは国にとって失う事の出来ない存在。対して、レグルスとレイラは国から見れば大きな損失にはならない。

レグルスは次期当主となっているが、レオルドの功績を考えれば再びレオルドを次期当主に迎えることは難しい話ではない。

貴族としては最善の判断であったが、父親としては最悪の決断であった。

レオルドはいつものように研究所へ向かおうとしていた時、唐突に父親《ベルーガ》に呼び止められる。

ベルーガの表情に焦燥が浮かんでいるのが見えたレオルドは嫌な予感を抱いた。

一体、何用で呼び出したのかとレオルドがベルーガに尋ねると、彼は重苦しい息を吐いてレグルスとレイラが誘拐されたことを話す。

「は？　レグルスとレイラが攫われた？」

「ああ……先日のことだ。そして、犯人からこのような手紙を貰《もら》った」

手紙を受け取ったレオルドは中身を読んでいき、ワナワナと怒りに震える。そして、同時に自分が今まで何をしてきたかを理解する。どこまでいっても誰かに迷惑を掛けてしまうのかとレオルドは自分を責めた。

しかし、それでも今は立ち止まっているわけにはいかない。どれだけ理不尽な事が起ころうとも諦めるわけにはいかないのだ。

「俺の身柄と交換だと……つまり、俺のせいで二人は誘拐されたのか？」

「落ち着け。レオルド。手は打ってある」

「内容次第によっては冷静ではいられなくなるかもしれません」

「……騎士を動員して二人を捜索している。私は、相手の要求を拒む事にした」

血の気が引いたレオルドは信じられないといった顔でベルーガに問い詰める。

「二人は家族なのですよ！　見捨てるおつもりですか！！！」

「見捨てるつもりなど毛頭ないわっ！　だが、レオルド！　よく聞け。今、お前を失うわけにはいかないのだ……！　お前は今やこの国にとってどれだけの存在価値があるか、分からぬお前ではなかろう？」

「知るかよ、そんな事！　俺にとっては二人の方が大事に決まっている！」

「待て、レオルド！　誰か、誰でもいいからレオルドを止めろっ！！！」

いてもたってもいられないレオルドは勢い良く屋敷を飛び出した。後ろから騎士が追いかけてくるが、レオルドに追いつく事は出来ない。

あっという間にレオルドは騎士を撒《ま》いてしまった。そのままの勢いでレオルドは自分の所為で捕らわれてしまった二人を捜すのであった。

話したのは失敗だったかと後悔するベルーガだがどこか嬉《うれ》しくもあった。レオルドが二人の為《ため》に怒ってくれた事が。

しかし、それと同時に頭を悩ませる。レオルドは間違いなく強いが、今回は人質を取られているのだ。いくら強くても人質がいては本来の力も発揮できないだろう。

もしも、レオルドが敵に捕まってしまったらと思うとベルーガは不安で仕方がなかった。

「はあ……こうなってしまったか」

執務室で頭を抱えているとオリビアが姿を現した。

「ベルーガ。きっと、大丈夫よ。あの子ならきっとね」

「オリビア。聞いていたのか」

「ええ。ベルーガ、心配しなくてもいいわ。絶対大丈夫だから」

「もしかして、シャルロット様が？」

「はい。シャルロットさんが万が一の時は助けてくれるから」

世界最強の魔法使いが味方にいる。これほど、心強いことはない。しかし、気になるのは万が一の場合だけしか助力しないという事だ。

これにはシャルロットの事情がある。彼女は国家が関わるような事には一切手を貸さないのだ。面倒ごとに巻き込まれるのは御免だという事らしい。

しかし、それでも万が一にはシャルロットが助けてくれるので安心は出来るだろう。

一方で飛び出したレオルドは怒りで頭が真っ白になっていると思われたが意外と冷静であった。王都を駆け回るのではなく、人を匿《かくま》える場所であり、人気《ひとけ》のない場所に来ていた。

今、レオルドがいる場所は旧市街地と呼ばれている場所で、人は住んでいるが現在の市街地に比べたら少ないもの。そして、ホームレスや犯罪者に密入国者などがいる。ちなみにゲームでも旧市街地は犯罪者の巣窟であった。

だから、もしも人を攫って隠すならここしかないだろうとレオルドは当たりをつけていたのだ。

信じられないことにレオルドの予想は当たっていた。レグルスとレイラを攫ったのは、帝国から密入国した犯罪組織である。

今回、二人を攫ったのは帝国からの依頼でレオルドを確保するというものであった。命は保障されるが多少は痛めつけても問題ないとされている。

（さて、ここまで来たけど、どうやって二人を捜すかだ。敵は俺のことをどれだけ知っているかわからない。だが、レグルスとレイラが俺の弟と妹だという事を知っていたということは俺の顔もバレているはず。なるべく、見つからないように動かないとな。騎士が動いていることを知ったら相手が何をするか分からない。早く、二人を助けないと）

探査魔法を駆使してコソコソと旧市街地を捜し回るレオルドはステルスゲームでもしているかのような気分であった。

しかし、探査魔法では人の居場所までは把握出来ても、誰かはわからない。レオルドは地道に捜索活動を続けていく。

どれだけ捜し回っただろう。レオルドは旧市街地をくまなく捜し回った。しかし、レグルスとレイラを攫った組織らしき人物は見つからない。

（ここじゃないのか？）

少しずつ焦り始めるレオルド。一度、旧市街地から離れて頭を冷やした方がいいかもしれない。レオルドが旧市街地を離れようとした時、話し声が聞こえてくる。

もしかしたら、何か有益な情報を得られるかもしれないとレオルドは物陰に身を隠して聞き耳を立てた。

「あの女の方は遊んじゃいけないんすかね？」

「バカな事言ってんじゃねえよ。人質に手を出したら、ボスに殺されちまうだろ」

「でも、あの女は上玉ですよ。滅多に味わえるもんじゃないんだから、一口くらい」

「一口くらいなんだ？」

気配を隠して、レオルドは話をしていた男達の背後に降り立つ。怒りに身を任せてしまいそうだったが、肩を叩《たた》くだけで踏みとどまった。

「だ――」

振り返った男の一人を電撃で気絶させて、もう一人の男は口を押さえ付けて壁に叩き付けた。

「質問だけに答えろ。もし、大声でも上げたら、その首へし折る」

殺気にあてられて壁に押し付けられている男は涙目になりながらコクコクと首を縦に振る。

「さっき、お前が話していた女と言うのは公爵家から攫った女で間違いないか？」

必死に頭を振る男を見て、レオルドは獰猛《どうもう》な笑みを見せる。ついに、見つけたと。レオルドは男の首を絞め上げて睨《にら》み付ける。

「案内しろ。さもなくば、殺す」

「わ……わがっ……だ……だがら……だしゅ……」

苦しそうに藻掻《もが》く男からレオルドは手を離す。持ち上げられていた男は、地面に尻もちをつき、ゴホゴホと咳《せ》き込んでいた。

首を絞められて苦しそうに咳き込んでいる男は涙目でレオルドを見上げている。

「言っておくぞ。俺はいつでもお前を殺せる。妙な真似《まね》をしてみろ。その時、お前の命はない」

「は……はひ……」

怯《おび》える男はレオルドをレグルスとレイラが捕まっている場所へと案内していく。旧市街地の端まで男に案内されると、古びた教会に着いた。

「こ、ここです……」

「ここだと……？　嘘《うそ》じゃないな？」

「う、嘘じゃありません！　ここの建物は地下室があるんです。そこに――」

「ご苦労さん。眠ってろ」

「あぐっ……」

案内した男へレオルドは電撃を浴びせて眠らせる。これで仲間に連絡される心配はなくなったレオルドは教会の中へと足を進める。古びた教会の中には誰もいないが探査魔法で調べてみると複数の反応を感知した。

「数は……ひとつ、ふたつ、みっつ――」

探査魔法で感知した魔力反応を数えると全部で十二。その内、いくつかは固まっているが、二つだけピッタリとくっついている魔力反応がある。レオルドは恐らくその二つがレグルスとレイラと当たりをつけた。

すぐに助けに向かいたいが、地下室への入り口はどうやら一つのようだ。もし、このまま侵入すれば誘拐犯に気付かれてしまい、二人に危険が及ぶ可能性がある。

それは避けなければならない。レオルドは必死に考えるが時間を掛けるのもよろしくはない。それにだ、二人の精神状態も気になる。恐らくかなりすり減っているに違いない。ならば、ここは強行突破しかない。

二人へ被害が及ばないようにレオルドは細心の注意を払って土魔法を発動させる。教会の地下室へ穴を空けて侵入した。

レグルスとレイラの二人が閉じ込められているであろう場所へと一直線にレオルドは向かう。その際、敵に気付かれてしまったが既にレオルドは二人のいる場所へと辿《たど》り着いていた。かなり強引ではあったが無事に二人の元に辿り着いたレオルドは無傷の二人を見て安心する。

「良かった……」

二人の安否を確認したレオルドが安堵《あんど》の息を吐いていた時、二人の目は憎悪に染まっていた。助けに来た相手に決して向けるような感情ではないのだが、二人の心情を考えるならば仕方のないことだった。

「何が良かっただ……！　お前のせいで……お前のせいで僕とレイラがどれだけ傷付いたか分かっているのか!!」

「っ……すまない。だが、今はここから出るのが最優先だ。その後にいくらでも俺を責めればいい」

「おいおい、逃がすと思ってるのか？」

背後から声がした瞬間、レオルドの身体《からだ》は吹き飛ぶ。壁に叩き付けられたレオルドは大きく息を吐き出して地面に手を突く。

（いつの間に……くそっ。油断した）

完全に油断していたレオルドは背後からの敵に気がつかなかった。その所為《せい》で思わぬダメージを受けてしまったレオルドは敵を睨みつける。

「お前がレオルド・ハーヴェストか。手間が省けたぜ。まさか、そっちからのこのこやって来てくれるなんてな〜。嫌われてても弟と妹は見捨てられなかったか〜？」

「当たり前だ。二人は俺の大切な弟と妹だ。これ以上、傷付けることは許さん」

そう言ってレオルドは痛む身体に鞭打《むちう》ち、立ち上がって拳を構えた。

「ははははっ！　こいつぁ、傑作だ！　助けに来た兄貴に恨み言を吐いた弟と妹を助けるつもりでいる。ああ、なんて美しき兄弟愛か…………。反吐《へど》が出る。おい、レオルドだけ生かして後は好きにしろ」

ボスの言葉に後ろで控えていた男達《たち》が喜びの声を上げる。これから始まる惨劇に男達は楽しみで仕方がないようだ。レグルスをどのように弄び、レイラはどのような声で鳴くのかと男達は下卑た妄想をしている。

「やらせると思うか？　この俺が断じて許さん！！！」

「はっ……！　俺の蹴りをまともに食らっておいて大口叩きやがる。お前ら、そいつの目の前で弟と妹を好きにしてやれ」

呆《あき》れるように笑った男の言葉を待っていたかのように男達はレグルスとレイラに向かって飛び掛かった。

複数の男達が身動きの取れないレグルスとレイラへと襲い掛かる。しかし、レオルドがそれを許さない。

レオルドは身体強化を施して男達よりも先にレグルスとレイラの前に立ち土魔法で壁を作り出す。その光景にレオルドを蹴り飛ばした男は驚愕《きょうがく》に目を見開いた。

（さっき、まともに俺の蹴りを食らったはずだ。なのに、あれだけ動けるとは……情報にはなかったが、ちと警戒しておくか）

警戒心を強めるボスはレオルドの一挙一動を見逃すことなく観察する。

複数の男達は土の壁を破壊しようと魔法を放つが、レオルドが作った土の壁は強度があまりにも高く破壊出来ない。これではいつまで経《た》っても楽しめないと男達は壁を迂回《うかい》する。そこをレオルドは狙っており、容赦のない電撃が男達に襲い掛かる。次々と倒れていく男達にボスは苛立《いらだ》っていた。

（くそ。使えない奴《やつ》らだ。明らかに罠《わな》だって分かるだろうが。だが、あのバカ共のおかげで分かった。アイツはやはり、俺の蹴りが効いている。さっきから魔法しか使ってない所を見ると近づかれるのは嫌なんだろうなぁ）

嫌らしい笑みを浮かべるボスは部下が全員倒れるのを見届けた。そして、すかさず地面を蹴って土の壁に蹴りを叩き込んで壊したのだ。

「よ～う、どうした？　そんな驚いた顔して」

壊された土の壁を見てレオルドは驚きを隠せなかった。かなりの魔力を注ぎ込み、壊されないと思っていたのに呆気《あっけ》なく壊されてしまったのだから。

（こいつ……強い。さっきの蹴りもかなりのものだったし……。二人を守りながら戦えるか？　いいや、弱気になるな。俺なら出来る。今まで誰と戦ってきたレオルド・ハーヴェスト！　この程度の相手に屈するようなら、運命なんて覆せるわけがないだろう！）

一瞬、心の中で弱音を吐いてしまったレオルドは己を鼓舞する。決して屈してはならないと瞳に炎を宿してボスへ目を向ける。

「ああ？　なんだよ、その目は？　調子に乗ってんじゃねえぞっ！」

レオルドの瞳がまだ死んでいないことにボスは腹を立てて叫んだ。

「どうした、お前の方こそ。さっきまでの余裕はどこへ消えた？」

「…………死ななきゃいいんだからよォ！　腕の一本や足の一本くらいなくなっても文句は言われねえよなぁ！」

明らかに劣勢であるレオルドが煽《あお》るものだからボスは切れて襲い掛かる。ボスとレオルドが激突する。

飛び掛かってきたボスの蹴りをレオルドは防いで電撃を撃とうと手の平を向ける。

（バカが！　テメエの動きは部下共のおかげで知ってるんだよ！）

ボスは手の平を向けられた瞬間に身体を捻《ひね》ってレオルドの魔法を避《よ》けてみせる。避けられるとは思わなかったレオルドだが、すぐに思考を切り替えて蹴りを放つ。

しかし、ボスに蹴りを受け止められてしまう。そのまま、ボスはレオルドへ拳を突き出した。対するレオルドも負けじと拳を受け止める。

至近距離となったところでレオルドが電撃を放つ。すると、ボスは強引にレオルドを引き離して距離をあけた。

（くそ……！　電撃が厄介だな。それに無詠唱であんなにポンポン魔法を使いやがって。頭だけじゃなくて相当実力もあるみてえだな。それに俺の蹴りを受けてもあの動き、かなりタフな野郎だ。こうなったら、後ろの二人を狙って、動きが鈍った所を叩く！）

ボスの姿がブレるとレオルドを避けて背後にいるレグルスとレイラへ襲い掛かる。レオルドは先回りして食い止めるがボスは執拗《しつよう》に二人を狙う。

「お前の相手は俺だろうが！」

「はははは っ！　戦場では弱い奴を優先するのは当たり前の事だろう！　嫌なら見捨てちまえよ、お兄ちゃん！」

「誰がッ！　二人を見捨てるかっ！　俺の大切な弟と妹なんだ！　嫌われていても守ると決めたんだよっ！」

思いの丈を打ち明けながらレオルドはボスと戦う。誰かを守りながら戦うという事を経験した事のないレオルドは思っている以上に苦戦していた。

（こいつ！　さっきから二人ばかりを狙って！）

レオルドにフェイントを入れて、本命は二人とボスは決めていた。それがもっとも合理的であり、レオルドが嫌がることだからだ。レオルドの方が実力は上ではあるが、二人を守りながら戦う彼とボスの力は拮抗《きっこう》している。

その傍らで、守られている二人はどうしてレオルドが必死に戦っているのかが理解できなかった。散々、恨み辛《つら》みをぶつけて酷《ひど》い事ばかりを言ってきたのに、どうして傷だらけになりながらも守ってくれるのか。

さっきだってそうだ。助けに来てくれたのにも拘《かかわ》らず、感情のまま罵声を浴びせた。だというのに、どうして助けてくれるというのか。困惑する二人は疑問の言葉を呟《つぶや》く。

「どうして……」

「なんで……」

二人の呟きは虚空に消える。レオルドは今も戦っている。それに戦闘に集中しているレオルドには答える事は出来ないだろう。

少しでも二人から距離を取ろうとするレオルドだが、相手はこの手の戦いに慣れているため思い通りにはいかない。

焦りが生まれ始めるレオルドにボスは気がついたのか、気付かれないように口角を上げる。

ボスが突然距離を取り、懐に手を差し込む。レオルドはボスが何かする気だと分かった上で距離を詰める。

（ここだっ！）

一気に勝負を決めようと焦るレオルドに対してボスは笑った。

「はっ、はははははッ！　引っかかったな！」

ボスが笑い声を上げて懐から取り出したのは投げナイフ。両手の指に挟んでいた八本の投げナイフを勢い良くレオルドに投げ付けるが通用するはずがない事は分かり切っていた。

真の狙いは別である。ボスの狙いはレオルドではない。彼が必死に守っている二人であった。

レオルドに投げたのは四本のナイフで二人に向かって投げたのも四本。レオルドを避けるように四本のナイフが飛んでいく。

その事に気がついたレオルドは男が風属性の使い手だと分かったが今はそんな事はどうでもよかった。

(壁を、いや、間に合わない！　なら！！！)

無詠唱で土の壁を発生させるよりも前にナイフが到達すると瞬時に理解したレオルドは己の身を挺《てい》して二人を守った。

ナイフが自分達に向かって飛んできていることに気がついたレグルスがレイラを抱きしめて守ろうとする。その上にレオルドが覆いかぶさり二人を守った。

「なんで……？　どうして！！！」

「怪我《けが》はないか？」

レオルドの行動にレグルスは疑念をぶつける。自分達を無視してボスに止《とど》めを刺す事も出来ただろうに何故《なぜ》庇《かば》ったのか。

もう十分に理解した。理解せざるを得なかった。レオルドが本当に自分達の事を思っていてくれるのだと。

でも、それでも聞きたかった。聞かなければならないことがある。

「どうして……！　僕達の事を気にしなければ勝てたのに……！　なんで自分が傷ついてまで守ったんだよっ!?」

あれだけ酷い事ばかり言って来たのに、あれだけ酷い態度ばかり取っていたと言うのに、どうして自分達を優先したのだと。

「決まってる。俺はお前達の兄だからだ」

久しぶりに見る兄の笑顔。かつて、慕っていた兄のものだとレグルスは理解した。そして、同時に分かった。兄は本当に変わったのだと。

しかし、そこに兄妹の感動的な場面に水を差す者がいた。

「はーっはっはっはっは！　お前なら必ずそうするだろうと信じてたぜ〜！」

レオルドの背中にはボスが放った四本のナイフが刺さっている。自身に向かって投げられたナイフは避けられたが、流石《さすが》に二人の方に飛んでいたナイフはどうする事も出来なかったのだ。

笑っているボスはレオルドなら二人を守ると確信していたから二人へと投げナイフを放ったのだ。結果、レオルドは重傷を負い勝負は決した。

「お前の敗因はその甘さだ。まあ、死なれちゃ困るから回復薬くらいは使ってやるよ。ただ、死なない程度にな」

今も二人を庇《かば》うように立っているレオルドの方へとボスはゆっくりと歩いていく。勝利を確信したボスはニヤニヤと笑っており、笑いが止まらなかった。

普通なら勝負は決していただろう。だが、レオルドの闘志はまだ燃え尽きてはいない。

ボスは動かないレオルドに近づいて蹴り飛ばそうとした瞬間、顔面を殴られて勢い良く吹き飛んだ。

ゴロゴロと地面を転がったボスは立ち上がってレオルドを睨《にら》み付けると殴られた顔を押さえながら叫ぶ。

「て、てめえ！　まだ、動けるのか！」

「俺が今まで誰とどのような鍛錬を積んだと思ってる」

ボスを殴り飛ばしたレオルドは威圧感を放ちながら歩き始めた。

「知るかよ、そんな事！」

激昂《げきこう》したボスがレオルドへと飛び掛かる。しかし、ボスの攻撃は全て防がれる。

「化け物か、てめえは!?　なんで、そんだけの傷で動けやがる！」

ボスが信じられないと言うようにレオルドは背中にナイフが四本も刺さったままだ。血も流れており、普通なら痛みにのたうち回っているか、意識を失っていてもおかしくはない。

「バルバロトやギルバートとの組み手に比べたらこの程度！　どうということはない！」

一体何を言っているのかとボスは戸惑う。だが、一つだけ分かったことがある。この男《レオルド》は危険だと。

「くそがっ！　もういい！　殺す！　てめえは殺すっ！」

完全に切れてしまったボスは依頼の事を忘れてレオルドを殺すことに決める。再びレオルドへ襲い掛かった。

「ふんっ！」

「ぐおおおっ！　てめえ！」

腹部を殴られたボスは後ずさる。ボスは冷静さを失い、レオルドだけに的を絞ってくれたおかげで戦いやすくなっていた。

二人を守るのは当然だが狙われているのは、自分のみなので集中しやすいとレオルドは短気なボスに感謝していた。

次々と決まるレオルドの攻撃にボスは焦り始めていた。先程までは自分が戦いの流れをコントロールしていたのに今は立場が逆転している。

ここで何か流れを変えねばボスは自分が負けると確信していた。

（くそ……！　落ち着け。こいつの攻撃は強いがパターンは単純だ。どこかで隙を突いて、もう一度後ろの二人を狙えば俺の勝ちだ！）

怒濤《どとう》の連撃を浴びながらもボスは元の冷静さを取り戻して、起死回生の一手を練る。

急に静かになったボスを不気味に思ったレオルドは、何かを企《たくら》んでいるであろうと警戒を強めた。

一旦、レオルドは距離を離して魔法へと切り替える。その瞬間、ボスが隠し持っていた投げナイフをレオルドに向かって投げ付ける。

ナイフを弾《はじ》き飛ばして、レオルドはボスが迫っている事に気がつき迎え撃とうとする。

（ここだっ！）

力強くレオルドが踏み込んでボスに拳を撃ち放った瞬間を狙ってボスは隠していた煙玉を地面に投げ付ける。

視界が煙で覆われてレオルドはボスの姿を見失ってしまう。そして、勝ち誇ったようにボスは笑った。

「はっはー！　最後に勝つのはお――おおっ……？」

何故《なぜ》か自分の身体《からだ》が空中で静止しているボスは困惑する。どうして、これ以上動かないのだろうかと視線を自分の身体に向けると、そこには鋭く尖《とが》った石柱に突き刺さっているお腹《なか》が見えた。

「あ……あえ？　な、なんでだ？」

どうして自分がこのようなことになっているのか理解できないボスにレオルドが近づく。

「簡単な話だ。お前が急に静かになったから、何か企んでるんだろうと思ってな。恐らく、隙を見て二人を人質にでもしようとしてるんじゃないかって。それで俺は魔法の準備をしていた。探査魔法を使ってお前が二人に近づいた瞬間を狙ったんだよ」

「こ、ここまでの事が出来るなんて聞いてねえぞ……」

「お前らの勉強不足だ。最後に聞かせろ。お前らはどこの人間だ」

「へへっ。答える馬鹿がいるかよ……」

最後に強がりを見せたボスは死んだ。これで、手がかりが失われたかに思えたが、レオルドが最初に電撃で倒した男達《たち》は生きている。

目が覚めて襲われでもしたら困るのでレオルドは気絶している男達に近づくと、彼等《ら》が死んでいる事に気がついた。

確かに電撃を浴びせたが気絶する程度の威力であったはずなのに死んでいたのだ。恐らく、失敗した時の為《ため》に毒を仕込んでいたのだろう。情報を漏らさないように。

そう考えてレオルドは視線を戻し、無事に弟と妹を救えた事に安堵《あんど》した。

固まっている二人の所へと近づき、レオルドは何と話せばいいのか困ってしまう。頭を悩ませているとレイラが最初に口を開いた。

「馬鹿……」

「えっ？」

小さく呟いたので聞こえ辛かったがレオルドは確かに馬鹿と聞こえていたので、確認の為に聞き直した。

「バカバカバカッッッ！　アホ、間抜け、オタンコナスーッ！！！」

「えっえっえっ？？？」

突然のキャラ崩壊にレオルドは理解不能で思考が追いつかない。妹の突然変異にレオルドは状況が理解できず、レグルスに助けを求めるように顔を向ける。

しかし、レグルスもレイラの豹変《ひょうへん》には驚いており、目を丸くしていた。

「レ、レイラ……？」

「どうして、どうして!!　今更遅すぎるんですよ……バカァ……ッ！」

泣き崩れるレイラにレオルドは掛ける言葉が見つからない。オリビアからレオルドは話を聞いている。昔は自分を慕っていてくれたことを。

でも、今は道を踏み外してしまったことで嫌われてしまっていた。だから、これから仲直りをしようと決意した矢先にこれだ。

二人が自分の所為《せい》で誘拐されてしまった。どれだけ謝ろうとも許してはもらえないだろう。そう考えていたのだがレイラの姿を見て分からなくなってしまっていた。

「ずっと、待ってたんです……！　信じてたんです。レオ兄さんは変わってくれるって。でも、そんな期待は裏切られるばかりで、いつしか恨むことばかり。もう嫌だった、辛《つら》かった。恨むばかりで疲れるだけだった。だから、レオ兄さんが決闘で負けて屋敷からい

なくなるって知って、もうレオ兄さんの事で辛い思いをしないでいいんだってわかったのに……！　なんで、今更変わったりするんですか……！　やっと心の整理が出来たと思ったのにっ！」

心が痛かった。レオルドはずっと信じていてくれていた弟と妹に合わせる顔がないと顔を伏せる。どれだけ言葉を募ろうとレイラの言うとおり今更である。

「レオ兄さんが活躍したって聞いても信じられなくて。でも、どんどん活躍して皆から賞賛されて嬉《うれ》しくて！　だけど、また裏切られたらって！　そう思うと私、私……ッ！」

だから、レイラたちは恨む事しか出来なかった。裏切られるなら最初から信じなければいい。恨んでいれば楽だったのだ。そうすることで二人は心を守っていたのだ。

（ああ……本当に俺は馬鹿野郎だ……！）

心の底から憎んでいたわけではない。オリビアのように全て信じるわけにもいかず、ベルーガのように割り切る事も出来なかったのだ、二人は。

だからこそ、拗《こじ》れてしまった。

ずっと二人は苦しんでいたのだ。変わったレオルドを信じる事は出来ず、恨み続ける事も出来ずに。

だけど、もう大丈夫である。仲直りする事はすぐには出来ないだろうが、時間は十分に出来た。これからゆっくりと歩み寄ればいいだけ。

無事に二人を救出したレオルドは安心感から、力が抜けてしまいその場に崩れ落ちてしまう。焦る二人が慌ててレオルドを抱き起こそうとすると、背中にまだナイフが刺さっている事を思い出した。

ここで、ナイフを抜けば血が溢《あふ》れて失血死の可能性がある。そもそも、レオルドは先程から血を流し過ぎている。

先程までは戦闘が続いていたおかげでアドレナリンが溢れ出ており、レオルドは意識を保つ事が出来ていた。

しかし、今は二人を助け出して安心してしまった。おかげでレオルドは保っていた意識が途切れてしまったのだ。

回復魔法があれば治すことも可能なのだがあいにく使い手はここにいない。二人は急いでレオルドを連れて帰ろうとする。

すると、その時タイミング良くシャルロットが現れた。

「手酷《てひど》くやられたわね～。でも、大丈夫よ。私が治してあげるから」

二人は疑うことなくレオルドをシャルロットへと引き渡す。レオルドを受け取ったシャルロットは早速回復魔法を施してレオルドの傷を塞いだ。

みるみるうちに回復するレオルドを見て、レグルスとレイラはほっと息をついた。これでレオルドが助かると。

ただ、一つ気になることがある。何故、シャルロットは絶好のタイミングで現れたのかという事だ。

二人は特に気にはしていなかったが、レオルドあたりならおかしいと思うだろう。

まるで見計らっていたかのように現れたのだから疑うのは当たり前である。

では、何故シャルロットがタイミング良く二人の前に現れたかだ。実はシャルロットはレオルドが二人を助けに向かう最中に彼を見つけていた。

その後は光の魔法を用いて姿を消して尾行していたのだ。

つまり、シャルロットはレオルドがナイフで刺されている時も傍観に徹していたのだ。

シャルロットはレオルドが負けるまでは手を出さないと決めていた。これは、他人が手を出してもいい問題ではない。レオルド自身が解決しなければならない。

そして今はまだ三人は仲がいいとは言えないが、もう一度兄弟としてやり直せる機会を得たのだ。

ならば、シャルロットが出しゃばるべきではない。

そしてもう一つ。シャルロットが傍観していた理由がまだある。

それは、国家の関わる事件にはシャルロットは関与しないというものだ。シャルロットはその能力から多くの権力者に目を付けられた。

何度も強引な手を使って来た権力者には圧倒的な力で捩《ね》じ伏せたこともある。だが、その際には恨みを買い、執拗《しつよう》に狙われる事も多くなった。故に、シャルロットは一族郎党を根こそぎ滅ぼして見せしめにしたのだ。

　以降はシャルロットを利用しようとする輩《やから》は現れなくなる。だが、人の欲望とは底がない。あの手この手でシャルロットを利用しようとするのだ。だから、嫌気が差したシャルロットは人里離れた森の奥で独りひっそりと魔法の研究を行っていたのだ。

　それから、しばらく表舞台から姿を消していた時レオルドの噂《うわさ》を耳にしたのだ。興味を持って近づき、異世界の知識を有しているレオルドに好奇心を抱き、共に行動している。

　ただ同時に危惧していた。レオルドは自分が世界に何をもたらしたのか、いまいち理解していなかったからだ。転移魔法がどれだけの影響を世界に与えるか容易に想像がつくはずだ。

　普通ならば、だ。

　しかし、レオルドは普通ではない。真人《まこと》の記憶を持ち、新たな人格を形成しており、この世界の常識にとらわれない考え方をしていた。そして、何よりもゲームの知識が邪魔をしていた。

　ゲームの知識は確かに素晴らしい結果をもたらしてくれるが、どのような影響が出るかまでは描写されていなかったのでレオルドもその事についての認識が甘かったのだ。

　だからこそ、今回の事件は起きた。シャルロットは既に今回の事件が帝国の仕業だと言うことを知っている。

だからと言って教える事はしない。これはレオルドが自分で気付かなければならない問題なのだ。ここで教えてしまうのは簡単だが、そんな事をすればレオルドが考えるのを止《や》めてしまう恐れがある。

それはダメだ。

それではダメなのだ。

人は自分で考えて行動をしなければならない。人に言われて流されるだけの人間になってしまうのは悪くはないだろう。だが、そうなってしまえば、レオルドもそこらにいる人間と変わらない存在になってしまう。

それは嫌だ。

そんなのは嫌だ。

そうなってしまえば有象無象の一人になってしまう。レオルドという個が消えてしまう。

それは、シャルロットにとっては許し難い事であった。

折角、見つけたのだ。聞いた事も見た事もない知識を持つレオルドがそこらにいる一般人になったら、きっとつまらなくなる。

我儘《わがまま》な考え方ではあるが、シャルロットはレオルドに普通になって欲しくないのだ。

(今回の事件で自覚してくれればいいのだけれど)

切実に願う。この事件を切っ掛けにレオルドが自身の認識の甘さを理解して、慎重に物事を考えて、どのような変革を世界にもたらすか。

運命に抗《あらが》うと誓ったレオルドがこれから先どのような活躍を見せるのか。シャルロットは特等席で見るつもりであった。

第一話 ✧ 仲直り

目が覚めたレオルドは目だけを動かして周囲を確認する。どうやら、自分は意識を失って屋敷へと運び込まれたのだと理解する。

見慣れた天井を見上げて、ボーッとしていたが誰かが部屋に入ってくる。視線だけを動かして確認するとシャルロットがいつものように微笑《ほほえ》みを浮かべて立っていた。

「あら、起きてたの？」

「ああ。ついさっきな。俺はどれくらい寝てた？」

「一日って所ね。あれだけナイフが刺さって血を流してたのに、よく生きてたわね～」

「ふっ、鍛え方が違うからな」

「まあ、それもあるでしょうね」

「どういう意味だ？」

「私が回復魔法を使ってあげたのよ。感謝してもいいんだからね～」

「そうか……。それは助かった。ところでお前はどこまで知っている？」

恐らく、今回の件についてシャルロットは何かを知っているのだろうとレオルドは彼女を問い質《ただ》した。

「教えて欲しいの～？」

シャルロットの物言いは完全に知っているものだった。レオルドは追及しようとしたが、今回の一件で少しだけ認識を改めた。

「……いや、いい。自分で考えるべきだろう。俺は少し甘く考え過ぎていた。ゲームじゃ分からなかったが、現実ではどれだけの影響が起こっていたのかを。今回の事件は恐らく帝国か聖教国、もしくは俺に恨みを持つ国内の貴族あたりの仕業だろう」

「そう……。分かってるのならいいわ。貴方《あなた》がこれからどうするか私は見てるだけだから」

「手伝っては……くれないのだろうな。お前はそういう奴《やつ》だから」

「ええ。ゲームで私の事を知ってるんでしょ？　私は国家に関わるのはゴメンよ。だから、レオルド。もしも、嫌になったら言って。私と二人で遠くへ逃げましょ」

その誘いにレオルドは目を見開く。とても甘美な響きだとレオルドは思う。

「悪いな。それは出来ない。もう決めたんだ。必ず運命に打ち勝つと」

「ふふっ、なら頑張らなくちゃね」

「ああ。いつかはお前も超えてみせるさ」

笑い合う二人は確かに繋《つな》がっていた。友情とでも呼ぶべきものが二人の間に生まれたのである。

「レグルスとレイラはどうしている？」

「今は自室にいると思うわ～。用があるなら呼んでくるけど？」

「そうだな。二人とは一度話しておくべきだろう。罵詈雑言《ばりぞうごん》の嵐かもしれないが俺は二人の事をもっと気に掛けるべきだった。本当に今更だがな……」

自嘲するレオルドにシャルロットは何も言わない。ただ、黙って話を聞いているだけであった。恐らく今のレオルドを救えるのはきっと弟と妹だけだろう。

席を立つシャルロットにレオルドは声を掛ける。

「どこへ行くんだ？」

「そろそろお邪魔だと思うから～」

首を傾《かし》げるレオルドであったが部屋の扉がノックされて開かれた事でシャルロットの行動を理解した。どうやら二人が来たようだ。

起きたと言うことは知らないはず。ならば、二人は定期的に来てくれていたのだろう。レオルドはそれが分かると少しだけ嬉《うれ》しそうに微笑んだ。

シャルロットと入れかわるように二人が入ってくる。二人はレオルドが起きている事に気がついたが、まだどのような顔をして挨拶をすればいいか分からないでいた。

同じようにレオルドも分からないでいる。長い間、嫌われていた二人にどのように声を掛ければいいのかと困っている。

しばらく沈黙が続いていたが、意を決したかのようにレグルスが口を開いた。

「兄さん。この度は僕達《たち》を救って頂きありがとうございました」

「気にするな。元はと言えば俺のせいなんだ。俺の方こそすまなかった。今回だけじゃない。ずっとお前達を苦しませていたことに俺は気がついていなかった。本当にすまなかった」

「……その事なんですけど、一度話をしようと思っていたんです。ただ、恨んでばかりでずっと悪態をついてばかりでしたけど……僕達は面と向かって話す事が必要だと思うんです」

その言葉にレオルドは目を見開く。まさにその通りだろう。言葉を交わさねば解《わか》らぬことなのだから。

「レグルス……。ああ、そうだな。聞かせてくれ、お前達の話を」

語り、言葉を紡ぐ。レグルスとレイラは過去の日々を。決して色鮮やかではなかった悲《ひ》愴《そう》な昔話。愛する兄が落ちぶれ、弟と妹が兄を恨むまでの物語。

そして過去から現代へと話は移る。

決闘に敗北して憎い兄が消えて清々したと思ったら、兄は一年足らずで戻ってきた。華々しい成果を上げて帰ってきたのだ。

耳を疑ったに決まっている。だが、国王から褒賞を受け取ったというのだから嘘《うそ》ではないだろうと思った。だけど、まだ信じる事は出来なかった。

次に帰ってきた時は伝説の転移魔法を復活させたと言うではないか。これは流石《さすが》に嘘だろうと思われたが国王直々に試した所、本当である事が証明された。

訳が分からない。今の今まで変わることのなかった兄が歴史的偉業を成したのだ。困惑してもおかしくはない。

兄が目まぐるしい成果を上げて、賞賛されるのは決して悪くはない気分ではあった。許したいという気持ちもあった。でも、許せないという気持ちも強かった。

もう恨み続けるのは疲れた。でも、素直に喜ぶには時間が掛かりすぎてしまった。だから、どのようにするのが正しいのか分からなくなっていたのだ。心がどうしても拒絶してしまうのだ。かつてのように裏切られるのではないかと。

そうこうしてる内に溝は深まるばかり。だけど、そろそろ埋める時だろう。時間は掛かりすぎてしまったが、また昔のようになれる。

そう信じることにした。兄は変わったのだと。

ただ、すぐに喜ぶ事が出来なかった。あまりにも長い時間恨み続けていたから。今更、どのように話せばいいかわからない。

そんな時に二人は誘拐されてしまう。そして、その目で見ることとなった。レオルドの勇姿を確かに見届けたのだった。

かつて願い、焦がれ、夢見た理想の兄としての姿へと戻ったのだと。かつて追いかけていた背中がそこにはあったのだ。二人はやっと信じようと思った。今の兄ならもう大丈夫なんだと。

時間は掛かるけど、二人はまた歩み寄ろうと決めたのだ。

心情の全てを吐き出したレグルスとレイラは静かに泣いていた。

二人から話を聞いたレオルドは、自分が出来ることは贖罪《しょくざい》する事だけだと嘆いた。

過去の自分は今の自分とは全くの別人と言ってもいい。だからと言って過去の罪がなくなるわけではない。

レオルドは過去の罪を背負って生きなければならないのだ。それは二人のことだけではない。傷付けた全ての人もだ。

それだけの事をレオルドは過去にやってしまった。たとえ、歴史的偉業を成し遂げたからと言って消えるわけではない。

むしろ、傷付けられた人からすれば怒りを抱くかもしれないだろう。今更、善行を成した所で過去の罪が消えることもなければ、傷付けられた人の傷が治ることもない。

ならば、レオルドはそれら全てを背負う覚悟が必要になる。運命に抗うだけではない。未来を掴《つか》み取るのなら、過去の過ち全てを背負い、前へ進まなければならない。

傷付けたのだから傷つく覚悟が必要なのは当たり前のことであった。

「ずっと、ずっとお前達を苦しませていたんだな……俺は。謝った所で許されることではないが、それでも言わせてくれ。すまなかった、本当にすまなかった。そして、俺は誓う。もう二度と道を誤らないと。だから、見ていてくれ。これからの俺を」

そう言ったレオルドは涙を流しながら頭を下げた。それを見た二人は全てを許したわけではないけれども、今のレオルドならば信じてもいいだろうと頷《うなず》いたのだった。三人が仲直りとは言えないが、元の関係に戻ることを決めたのである。

しかし、長い間恨み続けていた二人は何を話せばいいか分からず、レオルドも長い事喋《しゃべ》っていなかったのでどう話せばいいか分からないでいた。

お互いに沈黙が続き、いざ話そうと思ったら同時に話し出してしまった。

「「「あの……！」」」

「「「お先にどうぞ……！」」」

被《かぶ》ってしまう声に三人はくつくつと笑う。

「くくっ……！」

「ははっ……！」

「ふふっ……！」

笑い合う三人はしばらく笑っていただけだったがレグルスが話を切り出した。

「その……レオ兄さん。お怪我《けが》の方はもう大丈夫ですか？」

それは心配しての事だ。レグルスはシャルロットがレオルドの怪我を治療しているのは見たが、まだ心配であったのだ。

自分達を守る為《ため》にその身を挺《てい》したのは今でも鮮明に覚えている。あの光景はしばらく忘れられそうにない。

「ああ。怪我は問題ないさ。ただ、血が足りないかな」

「あっ……その僕達のせいで――」

レグルスが謝罪の言葉を述べようとしたら、レオルドが遮る。

「お前達のせいじゃないさ。全部俺が悪かったんだ。俺の認識が甘かったせいでお前達にまで迷惑掛けてしまったんだ。だから、謝らなくていい。もし、俺に何か思う事があるのなら、謝罪よりも……感謝の言葉が聞きたいな」

そう言って寂しそうに笑うレオルドにレグルスは自分の言葉を思い出した。助けに来てくれたレオルドに向かって酷《ひど》い事を言ってしまった。

仕方がなかったとは言え、あの場で言葉にするような事ではなかっただろう。それに、あの言葉を聞いてレオルドが動揺したから敵の攻撃を受けてしまったのだ。

罪悪感を抱いてしまうのは普通のことであった。

それでも、レオルドは一切気にしていない。むしろ、あの時の言葉は言われて当たり前のことであったと思っているのだ。だから、レグルスを責めるようなことは決してしない。

「うん……ありがとう、レオ兄さん。おかげで、僕達は怪我もなかったです」

「ああ。これからも何かあったら俺は必ず駆け付ける。だから、安心してくれ」

「次はないようにしてもらいたいですね」

「うっ……！　一先《ひとま》ず、犯人の特定を急いで対策を練るようにする」

「それがいいでしょうね。もう目星はついているんですか？」

「ん～、大体はな」

「やはり、レオ兄さんに恨みを抱いている者の仕業でしょうか？」

「それも考えられるが、俺としては帝国か聖教国が怪しいと思っている」

「転移魔法の件でしょうか？」

「理解が早いな。ああ、そうだ。転移魔法はただの便利な道具としか考えてなかったが、他国からすれば軍事利用も出来る代物だ。今後の戦争が大きく変わるだろう。だから、他国も黙ってはいられなかったんじゃないかと思う」

「なるほど。それは確かにそうですね。転移魔法が使用出来れば敵国に侵入することは容易になるでしょうしね」

二人がいつの間にか盛り上がっていた。しかし、それが楽しくない者もいる。

難しい話ばかり続ける二人にレイラは怒った。自分を置いてけぼりにしている兄二人を。

「もうっ！　それも大事だけど、今は別の事を話しましょうよ！」

「す、すまん。レイラ。忘れていた訳じゃないんだが、思いの外盛り上がってしまって」

「う、うん。悪気はなかったんだ。ごめんよ」

「そんなに謝らなくてもいいわ。ねえ、レオ兄さん。私、レオ兄さんにお願いがあるの」

困ったように顔を伏せるレイラにレオルドは首を傾げながら答える。

「なんだ？　俺に出来る事ならなんでもするぞ」

「本当？　その……一度でいいから一緒に買い物に行って欲しいの……」

キョトンとするレオルド。あまりにも意外な事だったので、すぐに返事が出来なかった。

それを勘違いするレイラは寂しそうに笑う。

「ご、ごめんなさい。今まで恨んでばっかりだって言うのに急におかしいよね……忘れて――」

「いや、すまない。意外だったからすぐに返事が出来なかったけど、俺でいいなら買い物に付き合おう」

「ほ、本当にいいの？」

「ああ。いつ行く？　流石に今すぐは無理だが、身体《からだ》が元通りになり次第、時間を調整しよう。今は転移魔法について研究者達に空間魔法について教えているが、シャルに任せておけばいいしな」

「迷惑じゃないかしら？　シャルロットさんにも悪い気がするし……」

「気にするな。俺からシャルには言っておく。だから、一緒に買い物へ行こう」

「やった！　約束よ。破ったら承知しないんだからっ！」

「分かってるさ。絶対に行くよ」

全身で喜びを表現しそうなレイラにレオルドの頬が緩む。また、レイラの笑顔を見る事が出来て良かったと。

もう二度と見る事は叶《かな》わないと思っていたのに見る事が出来たのだ。頑張って良かったと思うレオルドであった。


寝込んでいたレオルドであったが、三日もすれば完治して動き回るどころか、激しい鍛錬をする事が出来るまでに回復していた。

「ふむ。これくらいなら大丈夫か」

手をグーパーと開いて身体の具合を確かめるレオルドは満足したように頷いてから汗を流すのだった。

朝の鍛錬を終えたレオルドが朝食の為食堂に向かうと自分以外の家族は全員揃《そろ》っていた。

レオルドが食堂に入って来たのを見た四人は挨拶をする。オリビアは嬉《うれ》しそうに笑い、ベルーガは少し不思議に感じたのか首を傾《かし》げたが、特に気にする事はなく食事をとり始めた。

「ふふっ。いい朝ね、レオルド」

「そうですね、母上。とても機嫌が良いようですが、何かいい事でもありましたか？」

「ええ。とっても嬉しいことがね」

教えてくれなかったがオリビアがそこまで嬉しそうにしているということは、よっぽどの事があったのだろうと推測する。

勿論《もちろん》、あったに決まっている。それはずっと仲違《なかたが》いをしていた子供達《たち》が少しずつではあるが、元の形に戻ろうとしているのだ。長年、見続けていた母親が気付かないはずがないだろう。ただ、父親の方は少々鈍感であったが。

「レオルド。先日の件についてこの後話がしたい。時間はありそうか？」

「大丈夫です。しばらくは研究者への講義は休んでもいいとの事ですから」

「そうか。では、この後執務室に来てくれ」

「わかりました」

朝食を取り終えたレオルドはベルーガに呼ばれているので、執務室へと向かった。その道中にシャルロットと遭遇する。

「あら～、どこに行くの？」

「父上の所だ。先日の件で話があるそうでな」

「あー、そうなのね。私は研究所に行って勉強会してるから」

「ああ。すまないな。頼んだ」

「これが終わったら沢山褒めてよね～」

「努力はする」

シャルロットと別れたレオルドはベルーガの元へ向かい執務室に入る。そこでは、ベルーガが書類を読んでいる最中であった。

「父上。ただいま参りました」

「来たか。早速だが、先日の件についてだ」

「なにか進展はありましたか？」

「分かったことは一つだけだ。今回、二人を攫《さら》ったのは帝国で活動していた犯罪組織という事だ」

「つまり、帝国が絡んでると言うことですね。この事について陛下はなんと？」

「帝国と話し合ったそうだが、はぐらかされてしまったようだ。犯罪者が勝手にした事だと」

「尻尾切りという訳ですか」

「恐らくはな……」

予想通りだったことにレオルドとベルーガは溜息《ためいき》しか出なかった。分かっていた事ではあるが、やはりやるせない気持ちになった。

今回、レグルスとレイラを攫ったのは帝国で活動していた犯罪組織であり、主に人殺しや誘拐と言った事を生業《なりわい》としていた。

そこで、その犯罪組織は帝国に雇われてレオルドを連れ去ろうとした。あまりにも強引な手ではあったがそこまでする必要があったのだ。

帝国はレオルドを自国に引き込もうと画策していたが、恐らく王国に阻止されるのは目に見えていた。だからこそ、強引な手を取らざるを得なかった。

しかし、失敗に終わった。

とはいえ元より、失敗してもいいように犯罪組織を使ったのだ。公爵家の人間であり、尚且《なおか》つ入手した情報によればモンスターパニックを終息させた立役者の一人だ。返り討ちにされてもおかしくはない。

だから、簡単に尻尾切りの出来る存在を使った。そのおかげで帝国は知らぬ存ぜぬと言い訳する事が出来た。

分かっていても確かな証拠は何一つない。既に犯罪組織の人間は全員死んでおり証言の一つも得られなかった。何か証拠がないか、アジトを調べてみたが結果は徒労に終わっている。

つまり、向こうの言い分はレオルドを目当てに犯罪組織が勝手に動いたというものだった。

そして、自分達は一切関与していないという事。妙な言い掛かりをつけるなら、それ相応の報いを払わせると帝国は言ったそうだ。

レオルドからすれば大切な弟と妹が誘拐されて、下手をすれば殺されていたかもしれないのだ。はらわたが煮えくり返る思いだったが、どこにもぶつける事は出来ない。

「はあ……。この件は結局どうなるんですか？」

「帝国は関与していないという事なのでこちらは何も出来ない。証拠さえあれば追及出来たのだろうが、何も残っていないからな。私達に出来るのは今後警戒を続けるだけということだ」

「……ギルバートをこちらに戻しましょうか？」

「そうしてくれると有難いが、お前の方が手薄になるかもしれないだろう？　今回の事で分かったが、シャルロット様は国家が関われば力を貸してくれない。なら、ギルバートをお前から取る訳にもいかんだろう」

「私は自身が戦えますから」

「いいや、それでもだ。公爵家は警備を強化する。陛下からは許可を得たからな」

「分かりました。そう言うのであれば」

「どうしても心配だと言うのなら、早く転移魔法を運用可能にしてくれ。そうすれば、一番に私達の所に設置するとの事だからな」

「では、期待に応えられるように頑張りましょうか」

「うむ。よろしく頼むぞ」

その後、レオルドは私室へと戻っていく。これからもゲームにはない展開が待ち構えていることだろう。

先日の一件でレオルドは転移魔法の運用を早急に行うべきだと判断した。

研究者達に行う勉強会も精度をあげるようにして、シャルロットと取り組んでいく。

そのおかげで、研究者の中から転移魔法陣を用いて発動できる者が現れるようになった。

ようやくである。転移魔法の普及に向けて、やっと最初の一歩が踏み出されたのだ。

発動できた研究者を教える側に回して、レオルドはレイラとの約束を守る為《ため》に休暇を取る事にした。


翌日、出掛ける準備をしたレオルドはレイラの元を訪ねた。驚くレイラは思わず問い質《ただ》してしまう。

「本当に約束を守ってくれたの？」

「当たり前だろう。転移魔法の普及は国にとっては大事な事ではあるが、俺にとってはレイラとの約束の方が大事だからな」

少々照れ臭いことを言ってしまったレオルドはそっぽを向いて頰を指でかく。その姿を愛らしく思ったのかレイラは嬉しくなり昔のように思わず抱きついてしまう。

「嬉しい、レオ兄さん！　約束を守ってくれて！」

抱きつかれたことに驚いてレオルドは思わず固まってしまう。まさか、レイラに抱きしめられるとは思ってもいなかったのだ。少し前までは憎悪に満ちた目で睨《にら》まれているだけだったから余計にだ。

「あっ、ごめんなさい。私ったら、つい……」

レイラも自分が何をしているかを理解したようで恥ずかしそうに顔を赤く染めてレオルドから離れる。

「いや、構わないさ。ただ、人目があるところでは控えた方がいいかもしれないな。レイラも年頃の女の子なのだから、気をつけた方がいい」

「あの、その言い方だと人目のないところならいいと言う事ですか？」

「まあ、家の中なら問題ないだろう」

「本当っ!?」

家の中ならば問題ないと許可を得たレイラはもう一度レオルドに抱きついた。

驚くレオルドだが、昔のレイラはよくレオルドに甘えるように抱きついていた。ただ、

レオルドの性格が歪《ゆが》んでいき、抱きつく機会はなくなっていたのだ。

しかし、先日の一件から兄妹仲は元に戻りつつあったので、レイラは今までの分を取り戻そうとしているのかもしれない。

「レオ兄さんって凄《すご》く男らしくなったね」

「どういう意味だ？」

尋ねるレオルドにレイラは言い難《にく》そうに顔を顰《しか》めている。

「えっと、ほら、前のレオ兄さんはその、あまり男の人って感じじゃなかったから」

前というのは、つまりレオルドが金色の豚と馬鹿にされていた時の姿を指しているのだろう。レオルドにとってもだが、レイラにとってもあまり思い出したくない事なので少々話題にし辛《づら》いのだ。

「ん、む。まあ、そうだな。でも、今はギルやバルバロトのおかげで痩せたからな。確かに、男らしくなったとは自分でも思っている」

「ええ。本当にそう。父様とレグルス兄さんも細身でスタイルはいいのだけど、レオ兄さんはがっしりしてて二人とは違うの！」

興奮しているように力説するレイラにレオルドは押され気味である。

「そうか。ところで一つ気になっているんだが、やけに触っているが気になることでもあるのか？」

「えっ！　もしかして嫌だった？」

「いや、そんなことはないが、楽しいのかと思ってな」

レオルドに抱きついていたレイラは先程から兄の身体《からだ》をまさぐるように触っていた。

別に怒るような事ではないが、気になってしまうレオルドはどうしても理由を知りたかった。

「えっと、男性の身体が気になってしまって……」

（おう……もしかして筋肉フェチですか？）

年頃の女の子であるレイラが異性に興味を持つのは普通の事ではある。ただ、人の趣味嗜好《しこう》とは千差万別であり、よっぽどおかしなものではない限り口を挟むものではないだろう。

レイラが男性の身体もとい筋肉に興味を示すのは何もおかしくはない。

「俺は構わないが、中には人に触られるのを嫌がる人もいるから気をつけた方がいいかもしれないな」

「そうですね……。確かに兄さんは嫌がっていました……」

（既にレグルスの筋肉を触っていましたか……）

どうやら、既に経験済みであったらしい。家族とはいえ、レグルスも女性に触られるのは嫌だったようだ。もしかしたら、恥ずかしかったのかもしれないが真相は聞かなければわからないだろう。

　願わくば妹がおかしな道にだけは進まないようにと祈るレオルドであった。

　さて、話が長くなってしまったがレオルドはレイラと約束していた通り、買い物に付き合う事になる。二人は公爵家の馬車に乗って王都の商店街へと向かう事となった。


　まず、訪れたのは衣服の専門店である。やはり、ここは外せないのであろう。レイラはレオルドを引っ張るように店内へと入っていく。

「ねえ、レオ兄さん！　こっちとこっちの服。どっちが似合うかしら？」

　両手に別の服を持って楽しそうな顔をしているレイラに選択を迫られるレオルドは無難に答えてしまう。

「どっちも似合うと思うぞ」

　これはいけない。意見を聞こうとしているのにはぐらかすような答えは女性に対してはやってはならなかった。

「もうっ！　なんでレオ兄さんも兄さんと同じことを言うの！　どっちがいいかって聞いてるんだから、どっちかを答えてよ」

（手厳しい～！）

案の定怒られてしまったレオルドは申し訳なさそうに後頭部をかいて謝る。

「すまん。あまりこういうことに慣れてなくてな」

「え？　シルヴィア殿下とは買い物には行ってないの？」

「殿下とは仕事上の付き合いみたいなものだ。そういうことはしたことがないぞ」

「そうなんだ……。シルヴィア殿下とは手紙のやり取りとかは？」

「するわけないだろ。仕事上の付き合いと言っても部下を介した方が早いからな」

何故《なぜ》かは分からないがレイラは頭を抱えてしまう。レイラの反応にレオルドは首を傾《かし》げるばかりであった。

ショッピングの最中にレイラから質問を受けて返したら、何故か頭を抱えられるレオルドはどうしてそのような反応をするのだろうかと腕を組んで考えていた。

「レオ兄さんはシルヴィア殿下の事をどう思っているの？」

唐突におかしな事を聞いてくるレイラにレオルドは不思議に思いながらも、シルヴィアについてどう思っているかを素直に明かす。

「そうだな。最初はとても可憐《かれん》な女性だと思ったが、中々に強《したた》かな女性であると知ってから印象は大きく変わったな」

「それはいい方向に？　それとも悪い方向に？」

「どちらもだな。良くも悪くも殿下という存在は俺の中では大きな存在になってはいる」

「それは恋愛面も含んでるの？」

「む……？」

言われてみればレオルドはシルヴィアの事は不遇な扱いをされてしまうサブヒロインとサディスティックな部分があるという認識しかなかった。

確かに見た目は可愛《かわい》いシルヴィアだ。多くの男性から愛される容姿をしており、今も引く手数多《あまた》の女性だ。

しかし、レオルドは彼女の本質を見てしまった。サディスティックな部分があることを知ったレオルドはシルヴィアを恋愛対象として見た事はなかった。

実際、結婚の話が出てきたがレオルドは結婚に対して消極的であり、尚且《なおか》つ過去に婚約破棄もしているのであまり乗り気ではない。

ただ、最近はその気持ちも変わりつつある。ここ最近のシルヴィアは妙に可愛らしいとレオルドは思っているからだ。

悪い部分ばかりが目立っていたが、今では年相応の反応をしたり純粋に愛くるしい姿を目にした。

ゼアトに来た時もレオルドを困らせるようなことはなかった。精々あったとすれば、視察の際に腕を絡めたりしてきた程度だ。それくらいなら、可愛らしい悪戯《いたずら》に過ぎない。

レオルドも嫌がるようなことはなく、普通に受け入れていた。

腕を組んだまま、じっと考える素振りを見せているレオルドにレイラは気になって声を掛ける。

「どうしたの、レオ兄さん？　そんなに難しかったかしら？」

「いいや。ただ、考えているんだ。俺は殿下をどう思っているか」

（これは……満更でもない？　もしかして、レオ兄さんも殿下の事を意識してる!?）

恋愛面に関しては聡《さと》いのが女性である。レイラも当然のようにレオルドの心情を見抜いていた。

「レオ兄さん！　はっきりと言うわ！　レオ兄さんは恋愛結婚なんて出来ないって！」

「な、なんだって……！　でも、俺は一応婚約者がいたしな」

衝撃の発言にレオルドはわざとらしく大袈裟《おおげさ》な反応を見せた。

「今はいないでしょ！　細かい事は気にしないで！」

「は、はい」

レイラの迫力に負けたレオルドはただ返事をする事しか出来なかった。

「あの～、お客様？」

「「えっ？」」

二人はすっかり忘れていた。ここが店の中だということを。

二人は店員に話しかけられて思い出した。指摘された二人は恥ずかしさに顔を赤く染めて謝ると店を出て行くのだった。

「レオ兄さんのせいで恥をかいたじゃない！」

「いや、あれはお前が大声を出すから」

「そうだけど、大声を出す原因を作ったのレオ兄さんだから、レオ兄さんのせいなの！」

子供のような理屈だが、ここで反論してもレイラがますます不機嫌になるだけなので、レオルドは謝る事にした。

「む～、そういうことならすまなかった」

「じゃあ、この話は終わりにしてさっきの続きを話しましょ。どこかゆっくりと話せる場所に移動して」

御者にレイラが頼むと馬車は移動する。二人を乗せた馬車は王都で有名な喫茶店に止まった。二人は馬車から降りて、喫茶店に入ると個室へ案内される。

「喫茶店なのに個室があるのか」

「ここは貴族も良く利用するから。だから、個室が出来たの」

「そうなんだな。ゼアトには宿泊施設はあっても、こういう店はないからな～」

「そういうのはいいから、さっきの話をしましょう」

「あっ、はい」

辛辣な態度にレオルドはあっさりと折れてしまう。

「おほん。レオ兄さんは恋愛結婚が出来ないって話だけど、覚えてる？」

「ああ。覚えてるぞ」

「じゃあ、続けるけど、レオ兄さんは決闘で負けて今は学園を辞めてゼアトにいるでしょ？　つまり、本来なら出会いの場といってもいい学園を辞めたレオ兄さんに恋愛結婚はまず不可能と言ってもいいわ」

「それは深刻な問題か？　貴族に生まれたならば、大体は政略結婚だが……」

ここはエロゲの世界である。本来ならばレオルドの言うように政略結婚が普通の貴族だが、エロゲである運命48《ゲーム》の世界では恋愛結婚が多くなっている。

とは言っても、恋愛結婚をしているのは運命48の主要キャラたちだ。そして、レオルドはかませ犬だがレイラとレグルスは違う。主要キャラの一人でありメインヒロインの一人なのだ。

「父様も母様も学生の頃に出会って恋愛してから結婚したの忘れたの？」

「いや、まあそうなのだが……俺はあまり重要とは思ってないしな」

「甘い！　甘過ぎるわ、レオ兄さん！」

バンッと机を叩《たた》いて身を乗り出すレイラはビシッとレオルドを指差した。レイラの勢いにレオルドは押されて仰《の》け反ってしまう。

「お、おう。具体的にどこが甘いんだ？」

「まず恋愛結婚をした場合は大半が幸せな家庭を築いているわ。対して、政略結婚の場合は不倫や借金といったもので良くないものばかり。女性も男性も欲望ばかりだし、何よりも愛がないからね」

と、レイラは言うが現代日本の価値観を有しているレオルドからすれば恋愛結婚も割と離婚していることを知っていたので、あまりレイラの言葉に共感できていない。

「ふむふむ。でも、普通の事じゃないか？」

とはいえ、流石《さすが》にそのような事を言える空気ではないので当たり障りのない言葉で話を続けた。

「そう、普通の事なの。でもね、レオ兄さん。今のままだとレオ兄さんは絶対に不幸になるわ！」

「な、なんだと……！」

「だって、考えてみて。レオ兄さんは歴史的偉業を成し遂げて、この国にはなくてはならない存在。陛下からの信頼も得て、今後も期待の出来るレオ兄さんを他の貴族がどうすると思う？」

「潰すか、取り入れるかだな」

「そう！　でも潰す事はもう出来ない。だったら、取り込んでしまおうと考えるはず！　そして、最も有効な手段は——政略結婚よ」

「まあ、そうだろうな。俺が転移魔法の件で爵位を得た事で大量の縁談が届いたことだしな」

「もうわかるでしょ？　レオ兄さんは好きな人とは結ばれない立場になってしまったの。でも、シルヴィア殿下となら……！　恋愛結婚も夢じゃない！」

「う〜む……。そう上手《うま》くいくか？」

　名演説でもしているかのように拳を突き上げていたレイラにレオルドは興味なさ気な様子。兄のどうでもいいといった態度にレイラは目くじらを立てる。

「なに？　その煮え切らない態度は」

「いや、まあ、うん。俺の事よりも自分の事を考えた方が良くないか？　ほら、さっきレイラ自身が言っていた通り、俺は今や国にとって重要な人物だ。その妹であるお前にも縁談の話は来るだろう？」

　至極真っ当なことを言っているレオルドだが今は彼についての話であり、レイラの結婚についてではない。

　全く関係ないとは言えないが露骨に話題を逸《そ》らそうとしたレオルドにレイラは静かになる。分かってくれたかと思ったレオルドは満足げに頷《うなず》いていた。

　だが、次の瞬間レイラが吠《ほ》えた。

「バカ――――ッッッ！」

思わず魔法を撃ってしまったレイラは壁に身体《からだ》をぶつけたレオルドに駆け寄って謝る。

「ああ、ごめんなさい。レオ兄さん。私、つい……」

「ふ、気にするな。この程度、大したことはない――」

レイラに心配をかけまいと親指を立てて安心させようとしたが、劇的な最期を迎えてしまった。

「うぼあっ……！」

真っ白に燃え尽きたようにレオルドは頭を垂れるのであった。

「レオ兄さ――んっ！」

酷《ひど》い茶番劇である。

なんともなかったように復活したレオルドとレイラは優雅に紅茶を飲んでいた。

「とにかく、レオ兄さんは殿下の事をもっと大事にしなきゃダメなの！」

「いや、でも、結婚か～～～」

「いつかはしなくちゃいけないんだから。それくらいはわかってるでしょ？」

そう言われるとレオルドも言い返せない。今の自分がどのような存在価値なのか理解しているからだ。

「そうだな。国からすれば俺にはなんとしてでも子を生《な》してもらいたいのだろう」

「それがわかってるなら、もう少し積極的になったらどうなの？」

「うーん、そうなんだが……。やはり、まだ俺は独身でもいいというか……なんというか」

唸《うな》るレオルドにレイラはどうアドバイスを送ろうかと考える。結婚について消極的なレオルドであるがシルヴィアの事は意識しているのだ。

レオルドの話を聞く限りではシルヴィアも彼のことを悪く思っていないはずとレイラの中では結論が出ている。

本当にその通りなのだからレイラの推理力は凄《すご》いものである。

「わかったわ。レオ兄さん。私が協力してあげる」

「え？　なんの？」

「決まってるでしょ！　レオ兄さんの婚活についてよ！」

「それは流石にお節介が過ぎないか？」

「じゃあ、レオ兄さんは好きでもない女性と結婚して不幸になってもいいの!?」

極論ではあるがあながち間違いとは言い切れない。レオルドもその事が分かるから、レイラの言葉も無視できないのだ。

「でもな～……」

中々煮え切らないレオルドに痺《しび》れを切らしたのかレイラが怒鳴る。

「レオ兄さんが動かないのなら私が動くだけだから！」

「え？　何をするつもりだ？」

「ふっふっふ。それは秘密」

（止めたいけど無理だよな。頼むから変なことはしないでくれよ）

恐らくは無理だろう。きっとレオルドに災難が降りかかるのは間違いない。レイラが何を企《たくら》んでいるかはわからないが、レオルドにとって吉と出るか凶と出るか。


話し終えた二人は、喫茶店を後にして買い物を再開した。ほとんどがレイラの買い物ばかりでレオルドは付き合わされるだけであった。

買い物が終わり、レオルドとレイラは屋敷へ戻る。二人は別れてレオルドは鍛錬に向かった。

すると、鍛錬の最中にレグルスが姿を現した。レオルドは一旦手を止めてレグルスへ顔を向ける。

「どうした？　何か用事か？」

「あの！　また剣の稽古を……」

最初は大きな声で喋《しゃべ》っていたが、だんだんと声が小さくなり聞きとれなくなった。やはり、レグルスの方はまだまだ素直にはなれない。レオルドの顔色を窺《うかが》うようにしている。

　レオルドはそんなレグルスを見て、何を言いたかったかを察したので笑みを浮かべてレグルスを鍛錬に誘う。

「丁度、相手が欲しかったんだ。レグルス、少し付き合ってくれないか？」

　優しい兄《レオルド》の気遣いによりレグルスは照れ臭そうに笑って返事をする。

「はいっ！　僕でよければ！」

「ああ。よろしく頼む」

　兄と弟。二人が久しぶりに木剣を持って向かい合う。一体どれだけの月日が流れたことだろうか。懐かしい光景にレオルドとレグルスは笑い合う。

「じゃあ、行くぞ？」

「はい！　いつでもどうぞ！」

　レグルスの返事と共にレオルドが一歩踏み込む。瞬間、レグルスの肌に鳥肌が立ち、緊張に包まれた。

　力強く踏み込んだレオルドが弾丸のようにレグルスへと突っ込む。対するレグルスは木剣を握り締めて応対する。

「ふんっ！」

「ぐうっ！」

　振り下ろされた木剣をレグルスは受け止める。その重さに歯を食い縛りながらレグルスは見事に受け切った。

「止めたか、俺の一撃を」

「強くなってるのはレオ兄さんだけじゃありませんから！」

強くなった事を示すようにレグルスは力強くレオルドの木剣を弾《はじ》き返した。腕に衝撃が走ったレオルドはレグルスの成長に喜んだ。

そして、これほどの実力ならもう少し力を出せると口角を上げて小さく笑う。

「じゃあ、次はもっと強くいくぞ」

「え？」

弾かれた勢いを利用して、レオルドは円を描くように回転する。遠心力を味方につけてレオルドは横薙《よこな》ぎの一閃《いっせん》をレグルスに叩き込んだ。

避《よ》ける事は無理だと分かったレグルスはレオルドの横薙ぎを受け止めるが、身体ごと吹き飛ばされてしまう。

しかし、無様に転倒するようなことはない。体勢を崩しながらもしっかりとレグルスは立っていた。

「ははっ！　成長したな、レグルス！」

「くっ……！　まだ終わってないですよ。レオ兄さん！」

カンカンッと木剣のぶつかり合う小気味好《よ》い音が鳴り響く。その音に気がついたオリビアが中庭に向かい目にした光景に涙を流した。

いつか夢見た光景がそこには広がっていたから。かつて在った光景。二度と見ることは叶《かな》わないと思った二人の鍛錬している姿がそこにあるのだ。

ずっと仲直りをして欲しいと願っていたオリビアの望んでいた光景が目の前にあるのだから、うれし涙が流れるのは仕方のないことであった。

昔よりも成長した二人は長い時間、木剣を交じり合わせていた。それも終わりがやって来る。レオルドの一撃でレグルスは握っていた木剣を手放してしまった。

これにて決着である。本日の勝者はレオルドであった。

「強くなったな、レグルス」

「ハア……ハア……！　今のレオ兄さんにそう言われると嬉《うれ》しいですね」

疲れ果てているレグルスに比べてレオルドは息切れ一つしていない。まだまだ余裕の証《あかし》であった。

その事にレグルスは気付いており、やはりレオルドは自分とは比べものにならないくらい強くなったのだと気付かされた。

（もう、僕がどれだけ努力しても追いつけそうにないですね。やっぱり、凄いです。レオ兄さんは）

運命48《ゲーム》の主要キャラであるレグルスも弱いわけではない。ただ、レオルドが本当に強いだけである。

元々、ラスボスにもなれる素質を秘めているのだから弱いわけがない。慢心せずに鍛錬を続けていけば世界でも屈指の実力者にレオルドはなれるのだ。

こうして、二人の鍛錬は終わる。いつの間にか見学していたオリビアに気がついた二人は母親が泣いている事に大層驚いたのであった。

「母上!? どうなされたのですか！ どこか痛むところでも!?」

「母様！ 具合が悪いのですか!? い、医者を！」

慌てふためく二人にオリビアは「何でもない」と声を掛けるが泣いているので二人は混乱したままだ。

「ごめんなさい。でも、もう少しだけ、もう少しだけこのままで」

しばらく、泣き続けるオリビア。どうすればいいのか混乱している二人の所へ、タイミング悪くレイラがやってくる。

彼女の視線の先には泣いている母親の前で戸惑っている兄が二人。当然、何をやっているのだとレイラは二人を怒鳴りつけた。

「レオ兄さま、兄さん！ どうして母様が泣いているのに突っ立ってるだけなんですか！」

「い、いや、レイラ。これは、そのだな。俺達《たち》もどうして泣いているのか分からないんだ」

言い訳を述べるレオルドは同意を求めようとレグルスに目を向けた。レオルドの意見と同じだと言わんばかりにレグルスが首を縦に振るのだがレイラは知ったことではないと一蹴した。

「言い訳無用！　二人共、そこに正座しなさい！」

こうなったらレイラには言葉が通じない。彼女の事をよく知っている二人は渋々ながらも正座をする。

とりあえず、レイラが落ち着くまで説教コースだと腹を括《くく》る二人であったが、泣いていたオリビアが落ち着きを取り戻した。

「違うの。違うのよ、レイラ。二人は本当に悪くないの。ただ嬉しくて思わず泣いてしまったのよ。勘違いさせてごめんなさいね」

「い、いいえ、そんな。それよりも嬉しくて泣いたって……？」

「ええ、そう。また二人が一緒に稽古してるのが懐かしくて、嬉しくて。ああ、また見る事が出来たんだって思ったら、ね？」

「あ……」

レイラにはオリビアの気持ちが痛いほど分かる。自分もレオルドとレグルスの二人が剣の稽古を一緒にする光景をかつてよく見ていたから。

だから、もう一度その光景を見たならば懐かしさと嬉しさに涙するのは理解できた。

「……レオ兄さま。兄さん。ごめんなさい。私の早とちりでした」

「いや、構わないさ。悪いのは……まあ、俺だろう。母上にも二人にも迷惑を沢山掛けた。すまない」

そもそもレオルドが道を踏み外さなければ起こらなかったのだ。もっとも、それはたらればの話であるが。

「はいはい。この話はこれでお終《しま》いにしましょう。もう三人は仲直りをしてるのでしょう？　だったら、暗い話はなしにしてこれから皆でお茶でも飲みながら楽しく話しましょう」

オリビアの提案により四人でお茶菓子を口にしながらこれまでの事を話し合ったのである。


翌日、レオルドはいつものように朝の鍛錬をこなしてから食堂へと向かっていた。すると、そこへシャルロットが合流してくる。彼女はまだ眠たそうに欠伸《あくび》をしていた。

「随分、眠たそうだな。昨日はあまり眠れなかったか？」

「まあね。最近は自分の研究じゃなく他人に教えてるから疲れるのよ」

「そう言えばそうだったな」

「今度、埋め合わせでもしてくれないと私何するかわからないわよ～」

　そう言って脅してくるシャルロットはレオルドへ幽霊のように両手をダランと下げて迫った。

　世界最強の魔法使いであるシャルロットに暴れられても困るのでレオルドは大きく息を吐《つ》いて約束をすることに。

「はあ……。わかった。今度、何かしらで埋め合わせはしよう」

「やった！　言ってみるものね！」

「ただし！」

　喜ぶシャルロットにレオルドは釘《くぎ》を刺すように一言告げる。

「俺が出来る範囲でだ。あまりにも無茶な要求なら突っぱねるぞ」

「それくらい分かってるってば～」

　嬉しそうにするシャルロットはレオルドへと近寄り腕を絡める。随分と距離が近い事に誰もが疑問を抱くだろうが、すでに周知の事実で誰も気にはしなかった。

「ええい、鬱陶しい！　くっつくな。離れて歩け」

「ええ～？　いいじゃない。こんな美人なお姉さんと一緒に歩けるんだから」

「お前が美人だと言うのは認めるが、だからといって腕を組んで歩く必要はないだろう」

　レオルドはシャルロットの腕を振り払って食堂へと向かって歩いていく。腕を払われたシャルロットはつまらなそうに「ぶーぶー」と口を尖《とが》らせていた。

「そんな顔をしても無駄だ。ほら、さっさと朝飯に行くぞ。今日は陛下に経過報告せねばならんのだ」

そう言ってさっさと食堂へ向かうレオルド。

その背中をシャルロットは追いかけた。

「少しくらいは待ってよ～」

「お前を待っていたら朝飯が冷めるだろ」

「私よりも朝ごはんが優先なの～？」

「そうだが？」

「なにそれ～！　もうレオルドなんて嫌いよ！」

「はいはい」

どうでもいいと言わんばかりにレオルドは片手をヒラヒラと振り、頬を膨らませて不機嫌アピールしているシャルロットを無視して歩いていく。

「あ、ちょっとホントに置いて行かないでよ～」

慌てて追いかけるシャルロットにレオルドは少しだけ歩く速度を落とした。なんだかんだと言いながらもシャルロットには助けられている。レオルドは彼女に甘かったのであった。

朝食を済ませたレオルドは王城へ向かい、シャルロットは研究所へと向かう。

未《いま》だに転移魔法は実用段階には至っていない。期限こそ設けられていないが、やはり精神的には辛《つら》いものがある。度々、進捗報告の為《ため》に王城へ出向いているのだがその度に追及されるのだ。現在はどこまで進んでいるのかと。

国家事業なだけに国王も気になって仕方がないのは分かるが、中間管理職のような立場になっているレオルドからしたら堪《たま》ったものではない。

板挟みの立場は辛いのだ。部下からも上司からも責められるので。

とはいえ、レオルドとシャルロットしか転移魔法陣は使えないので仕方のないことでもある。それにシャルロットは教えこそするが、そこまで協力的ではない。

何故《なぜ》ならば彼女はレオルドの付き添いであって国家に関わるようなことはしない。

しかし、意外と彼女は研究員と仲が良かったりする。

それもそうだろう。研究者も変わり者が多く、純粋に知識欲だけで働いている者もいるから彼女と波長があったりするのだ。

「ふむ。まだ実用段階には至ってないか……」

「申し訳ありません。急いでいるのですが……」

「気にすることはない。焦って事故でも起きたりしたら困るからな」

「そう言っていただけると助かります」

今日は王城に来て進捗報告をしているレオルドは国王と向かい合っていた。あまり芳《かんば》しくない状況にレオルドは頭を下げるが国王は気にしなくてもいいと咎《とが》めることはなかった。

その言葉に救われる反面、やはり気が重たくなるのも事実。急げと言われていないが急がなければならないと深く考えてしまうのだ。現代日本人の真人《まこと》と融合した弊害であろう。

その後、レオルドは国王と他愛もない話をしてから部屋を後にする。

国王への報告を済ませたレオルドは王城の廊下を歩いていると前方から見知った人物が歩いてきているのを確認する。

その人物はレオルドの前まで来ると礼儀正しく頭を下げ、彼に挨拶をするのだった。

「御機嫌よう、レオルド様。本日は陛下への報告ですか？」

頭を上げるシルヴィアは可愛《かわい》らしく首を傾《かし》げているが完全に計算された動きである。

（あざとい……。てか、俺が今日来るの知ってただろ。しかも、俺が出てくるタイミングも見計らってたに違いない！）

大正解である。シルヴィアはレオルドが国王に報告へ来ることも、そして報告が終わり、これから帰ることも全て知っていたのだ。

当然である。興味津々である上に好きな男性《ひと》なのだから、行動を把握するのは当たり前のことであった。

「ええ。本日は陛下へ転移魔法の運用についての報告です」

「まあ、やはりそうでしたか。私も気になりますので少しお話でもしませんか？」

　非常に断りたいところであるが相手は王族。レオルドは断る事が出来ず、シルヴィアに悟られないように笑みを浮かべて了承するのであった。

「畏《かしこ》まりました。このレオルド・ハーヴェスト、喜んでお話ししましょう」

「ふふ。では、話せる場所へ行きましょうか」

（行きたくないな～ッ！　帰りた～いッ！）

（うふふふ。レオルド様、胸の内が駄々洩《も》れですわよ）

　この二人、脳内で会話をしているのではないのかというくらい会話が嚙《か》み合っている。勿論《もちろん》、レオルドの方はシルヴィアが何を思っているかなど分からないだろうが。

　シルヴィアに連れられてやってきた部屋でレオルドは転移魔法についての事を話す。

「これは陛下にも話しましたが未だに転移魔法は実用段階へ至っていません」

「それは研究所の方々に問題があるのでしょうか？」

「いえ、そのようなことはありません。ただ、転移魔法が空間という非常に難解なものへ干渉するからです」

「要はとても難しいという事ですか？」

「その通りです。正直、教える側の私でさえもよくわかっていませんから」

「まあ。それではレオルド様は天才というわけですね」

そう言ってレオルドを褒め称《たた》えるシルヴィアは上品に笑っている。対して、レオルドは乾いた笑みを浮かべていた。

（あははは……。前世というかなんというかゲームの知識やアニメや漫画から得た知識でなんとかしてるだけなんです～……）

正攻法ではないのでレオルドは非常に苦労しているのだ。自分が使う分には問題ないのだが、いざ教えるとなったら無理なのである。なにせ、フワッとしたイメージしかないのだから。

「レオルド様？　どうかなされたのですか？」

「い、いえ、何でもありません。それよりも殿下は転移魔法について興味があるそうですが、それはどうしてですか？」

とりあえず話題を逸《そ》らそうとするレオルドは無難な質問をシルヴィアへ投げ掛ける。

「ふふっ、どうしてだと思います？」

（それを知りたいから聞いてるんじゃい！　質問に質問で返すなや！）

お茶目にシルヴィアはレオルドの質問を質問で返した。その事にレオルドは内心腹を立てるが、立場は下なのできちんと返す。

「う～む。やはり、伝説の魔法だからでしょうか。それから経済的にも大きく影響する事でしょうから、そういう観点かと」

「どちらも正解ですわ。レオルド様の仰《おっしゃ》る通り、転移魔法は伝説の魔法。それを体験できるのですから誰だって興味を抱くのは普通です。それに経済面でもどれだけの利益をもたらすか。今から楽しみで仕方がありません」

「ハハハ、そうですか。でしたら、殿下のご期待に沿えるよう尽力します」

「ふふ、ありがとうございます。ですが、ご無理だけはなさらないでください。一番はレオルド様の健康ですわ。板挟みのようなお立場でしょうから、さぞ御心《おこころ》を悩ませてることでしょう。ですので、何かありましたらお力になりますので遠慮なく私にご相談ください」

　そう言って女神のような微笑《ほほえ》みを浮かべるシルヴィアを見てレオルドは警戒心が最大限にまで高まった。

（な、何を考えてるんだ……!?　こんなに優しいなんて、何か企《たくら》んでるに違いない！）

　今までのシルヴィアを知っているレオルドは目の前の彼女が信じられなかった。恐らく何かを企んでいるのだと警戒している。

　しかし、残念ながらレオルドの予想は外れている。シルヴィアは本気でレオルドの事を心配していた。勿論、それがレオルドに伝わることはなかった。悲しいがそれが今の二人の関係である。

　以前はゼアトで良い感じの雰囲気だったのに、どうしてこうなったのか。まあ、元々シルヴィアはレオルドをからかっていたのだから仕方のないことであろう。

シルヴィアとの歓談を終えたレオルドは研究所へとやってきていた。シャルロットが転移魔法について教えている頃だろうとレオルドは研究室へ足を踏み入れる。

すると、そこには知的な雰囲気を漂わせる眼鏡をかけたシャルロットが教鞭《きょうべん》を振るっていた。思わぬ光景にレオルドは呆気《あっけ》に取られてしまう。

すぐに正気を取り戻したレオルドは教卓で研究者達《たち》に、空間についての理論を述べているシャルロットへ声を掛けようとしたが先に彼女の方がレオルドへ声を掛けた。

「あら、レオルドじゃない。王様への報告は終わったの？」

「ああ。さっきな。それよりも訊《き》きたいんだが、その恰好《かっこう》はなんだ？」

「あー、これ？　気になる？」

「いや、そこまでではない」

「少しは気にしなさいよ、もう！　まあいいわ。この格好は見た通り教師よ！　一応、教える立場なんだし形には拘《こだわ》りたいじゃない」

「なるほどな。確かに様にはなっている。というよりも、案外お前は人にものを教えるのはいいんじゃないか？」

「う～ん、難しいわね～。ここの人達は純粋に知識を求めているから教えてるのだし。私利私欲の為とかになると教える気は失《う》せるわね」

「そうか。まあ、言われてみればお前はそういう奴《やつ》だったな」

二人がいつものように話しているのだが一つ忘れている。今はシャルロットが授業をしている最中だという事を。

完全に放置されている研究者達は二人の会話を黙って聞いている。そんな彼等《ら》の内心はこの二人意外とお似合いなのでは、と思っていた。

まあ、元々友人以上恋人未満のような二人である。そう思われるのも仕方のない事であろう。

それとこれとは別に早く授業を再開して欲しい、と研究者達は切実に願っていた。

第二話 ✧ なにそれ、聞いてないんだけど！

さて、数週間にも及んだ転移魔法の勉強会は終わる事になる。研究者達が転移魔法陣を起動する事が可能になったのだ。

これで晴れてレオルドはお役御免である。やっとレオルドは自身の領地であるゼアトに戻る事が出来るのだ。これにはレオルドも諸手《もろて》を挙げて喜んだ。中断していた領地改革も再開できると。

「よくやってくれた、レオルド！　これで我が国は更なる発展を遂げよう！」

褒め称える国王の前に跪《ひざまず》くレオルドは深々と頭を下げている。ただ喜んでいる反面、こういう面倒なやり取りは出来れば避けたいと内心で息を吐《つ》いていた。

「陛下。転移魔法についてなのですが、最初に私のゼアトに設置するのは本当なのでしょうか？」

「ああ。お前の領地と公爵家の領地、そして王都を繋《つな》げようと思う」

「転移魔法陣の最初の設置点に我が領地を選んで頂き、誠にありがとうございます。我が領地の誉れとなりましょう」

国王との謁見が終わり、レオルドは公爵家に顔を出して、ようやくゼアトへ帰ることになる。

「父上、母上、レグルス、レイラ。短い間でしたがお世話になりました。私はゼアトへと戻ろうと思います。既に聞いてるとは思いますが、転移魔法陣はゼアトに設置をした後にハーヴェスト公爵領と王都の順で設置されるそうです。これでいつでもゼアトには来れると思うので気が向いたら気軽に私を訪ねてきてください」

　これで、家族の距離はぐっと近くなった。今までは馬車で何日も掛けていた道程が転移魔法陣のおかげで、一瞬で着く事になる。

　それは離れ離れになったレオルドとの距離が近くなったということ。レオルドに何か不幸な事があればすぐに駆け付ける事も出来るだろう。

　勿論、反対にベルーガ、オリビア、レグルス、レイラの四人に何かあればレオルドはすぐに駆けつける事が出来るようになった。

　おかげで、別れる事になっても悲観することはない。転移魔法のおかげでいつでも会うことが可能になったのだから。

「……移動は便利になったが、連絡方法が欲しくなるな」

「父上……今はその話はよして下さいよ」

「むぅ、すまんな。一瞬で移動する事が出来るのは素晴らしいが、同じように連絡方法がどうしてもな」

「まあ、分かりますけど……」

やはり、人とは一つ便利になるとまた便利なものが欲しくなる。だから、ベルーガは次に欲したのは連絡手段だった。レオルドも同じ事を考えたが実現は難しい。

レオルドが持つ真人《まこと》の記憶にある科学を再現する事が出来れば可能かもしれないが、それは難しいだろう。一から十までの知識はないのだ。それにあったとしてもこの世界には足りないものが多すぎる。

なので、難しいというより不可能に近いというのが結論である。もっとも、魔法を応用すれば可能かもしれないがレオルドの頭はそこまで考えが至っていなかった。

「はいはい。そういう話は終わりにして、レオルド。寂しくなったらいつでも帰って来ていいですからね」

「は、母上。確かに可能ですけど、そのような事で帰るようなことはないですよ……」

「そう？　でも、いつでも帰って来ていいのよ？」

「そ、そうですね。時間があれば顔を見せに帰りますよ」

困ったように笑うレオルドへ今度はレグルスとレイラが別れの挨拶を告げる。

「レオ兄さん。またお時間があれば僕に稽古をつけてください」

「ああ、分かった」

「レオ兄さん。楽しみにしててね」

「何をだ？」

意味深な事を言うレイラにレオルドは問い質《ただ》したがはぐらかされてしまう。出来ることなら厄介な事ではないことをレオルドは願うばかりであった。

名残惜しいがここでお別れだ。レオルドは王都の近くにある古代遺跡からゼアトの近くにある古代遺跡へと転移して帰ることになる。


そして、レオルドは久しぶりにゼアトへと帰ってきたのだった。

「そう言えば、シャルを見てないな。先に帰ったのか？」

そう言って呟《つぶや》くとシャルロットがレオルドの前に現れる。

「うおっ！　今までどこにいたんだ？」

「貴方《あなた》が家族と仲良さそうにしてたから、私は邪魔しちゃいけないと思って家に帰ってたわ～」

「家って、ゼアトの屋敷にか？」

「あそこはあそこで居心地悪いもの。貴方がいないと皆、私の方を鬱陶しそうに見てくるし」

「まあ、まだ認めてはいないだろうからな。じゃあ、家ってのは森の奥にあるやつか？」

「ええ、そうよ。そこで、色々と魔法の研究してたりしてたの」

「そうか。ところで魔法の袋は量産可能か？」

「う～ん……難しいわね。今の所、私しか作れないから特注品になるわ～」

「生産可能なら注文増えそうだがな」

「いやよ～。お金をどれだけ積まれても作らないわ。だって面倒だもの。それに使用用途がろくな事にならなそうだし」

本当に嫌そうな顔をして肩を竦《すく》めるシャルロット。

「それは仕方ないだろ。だけど、物資の運搬には使えるんだがな……」

「みんなが貴方みたいな考え方だったら、考えても良かったけど他の人に作るなんて真っ平御免よ」

「お前がそう言うなら諦めよう。それより、屋敷へ帰るぞ」

「はぁ～い」

気の抜けるような返事をするシャルロットと二人でレオルドはゼアトの屋敷へと帰る。

しばらく空けていたが、今頃ゼアトはどうなっているのかと想像するレオルド。

久しぶりにゼアトへ帰ってきたレオルドは部下達に帰ってきたことを報告してから、執務室へ向かい溜《た》まっている書類を見てげんなりする。

「うげ……。まあ、そうなるよな……」

早速、長期出張の洗礼を受けたレオルドは溜まっている書類へ手を伸ばした。

すると、その時、執務室へバルバロトとイザベルが訪ねてくる。何か用でもあるのだろうかとレオルドは二人へ顔を向けた。

「二人揃《そろ》って来るなんて珍しいな。何か用事か？」

「レオルド様、この度イザベルさんとの結婚を許可していただきたく存じます」

「ヴァッ!?」

ゼアトの屋敷に帰ってきたレオルドにバルバロトは開口一番とんでもない発言をして彼を驚かせる。

レオルドはまだ正気に戻らないようで口をあんぐりと開いたまま固まっていた。

「やはり、自分ではダメでしょうか……？」

何も言わない領主《レオルド》にバルバロトは分かりやすいくらい肩を落としている。

それを見たレオルドはようやく正気を取り戻してバルバロトへどういうことなのかと尋ねるのであった。

「いやいや！　急になにがあった!?　聞いてないし、そんな素振りは一度も見た事がなかったぞ！」

「それは、自分達の馴《な》れ初《そ》めから話せばよろしいでしょうか？」

「いや、いい。十分わかった。少しイザベルと話したいから、席を外してもらっていいか？」

「彼女が王家直属の諜報員《ちょうほういん》だということは知っていますよ」

バルバロトはレオルドがイザベルと何の話をするか見当がついていた。だから、先に教える事にしたのだ。イザベルが王家直属の諜報員である事を知っているという話を。

「知っていて決めたのか？」

「はい。私は彼女を愛していますから」

堂々とした姿で愛を語るバルバロトに横で控えているイザベルがほんのりと赤く顔を染めている。その反応を見て、どうやら相思相愛らしいとレオルドは確信したのだった。

「そうか。では、イザベル。お前の方はどうなんだ？」

「はい。既に殿下へは報告済みで許可は得ています」

「仕事はどうするんだ？」

レオルドの言う仕事とは使用人としてではなく、諜報員としての方だ。

「その点に就きましては大丈夫です。既にレオルド様への監視は解かれていますから。帝国との繋がりも疑われておりましたが、それも晴れておりますので」

「そうなのか……。では、バルバロトとの結婚は問題ないのだな」

「はい。ですから、後は私達《たち》の主であるレオルド様から許可を頂くだけとなっております」

「わかった。お前達の結婚は認めよう。ところで、式はいつ挙げる予定なんだ？」

「「え？」」

同時に惚《ほう》けた声を出すものだからレオルドも呆《ほう》けてしまう。何かおかしな事でも言ったのだろうかと不思議そうに首を傾《かし》げていた。

「は？　なんでお前達が驚いてるんだ。結婚するんだから式を挙げるのは当たり前だろう？」

「いえいえ、レオルド様。私達は貴族ではありませんから籍を入れても式は挙げませんよ？」

「え？」

「そうですよ、レオルド様。結婚と言っても籍を入れて同居するだけですので」

ここでレオルドは思い出す。ここが中世のヨーロッパを模している時代設定だという事を。

（あー、くそ！　変な所で似てるんだから！　どうするか……手を出すべきか？）

二人には悪いことをしてしまうかもしれないが、結婚のイメージを変えようかとするレオルドは悩んだ。ここで二人には結婚式を挙げてもらうようにするか、それとも従来通りにするか。

この世界というよりは王国で結婚する場合は貴族だと結婚式が行われる。双方の親類を呼んでパーティを行うのだ。

対して貴族以外だと夫婦となる男女はまず領主や町長、村長等《ら》に許可を貰《もら》わなければならない。これは難しい事ではなく報告すれば、後は勝手にどうぞとなる。

その後は、夫婦となる男女が教会へと赴き司祭に祝福をしてもらうだけだ。

なんとも簡単なことではあるがレオルドも詳しい事は知らない。現代日本人が昔の資料を読んで作ったのだろうが困った話である。

話は戻ってレオルドは二人の為《ため》に結婚式を挙げようと結論を出した。

「よし。二人とも一つ提案がある。結婚式を挙げてみないか？」

「「ええっ!?」」

二人揃って驚く姿にレオルドは笑う。普段、表情が変わらないイザベルまで驚いた顔をしているのがおかしく見えたのだ。

「レオルド様。大変嬉《うれ》しい提案なのですが、私達には恐れ多いかと……」

申し訳なさそうに断ろうとするバルバロトの横でイザベルも同意見らしくレオルドに頭を下げている。

「嫌なのか？」

「いえ！　嫌というわけでは……！　ただ、私達のような騎士と使用人が仕えている主を差し置いて結婚式を挙げるのは流石《さすが》にどうかと思います……」

「ならば、構わん。俺は気にしない」

「レオルド様がそうでも他の者が黙っていませんよ！」

「むっ……ならば、黙らせる。だから、やってみないか？」

「しかし……」

「レオルド様。何かお考えがあるのですか？」

「ふっ……」

　意味深に笑うレオルドを見た二人は転移魔法陣を発見した時のように彼には二人が考え付かないものがあるのだと確信する。

　仕える主を信じる二人は決心する。レオルドの提案に乗ってみようと。

　そして、レオルドの方は深く考えていなかった。とりあえず、鼻で笑っておけばそれらしくなると考えていただけである。

　ただ、上手《うま》い事に二人が信じてくれたおかげで話は進む事になったのだ。

「では、お願いしてもよろしいでしょうか？」

「ああ。任せておけ」

　ドンッと胸を叩《たた》いて自信満々なレオルドに二人はこれなら任せておいても大丈夫だと安心するのだった。

　一方でレオルドは悩む事になる。どのような事をすればいいかよくわかっていなかった。

（よくよく考えれば自分が結婚したこともないのに、他人の結婚式を考えるって割と無謀だったかも）

今更である。最早《もはや》、取り返しのつかない事になっているのは間違いない。バルバロトとイザベルはレオルドが考える結婚式に期待を膨らませている。

果たして、レオルドは二人を感動させられるような素敵な結婚式を考え付く事が出来るのだろうか。非常に楽しみである。

さて、レオルドは二人の為に素敵な結婚式を用意すると決めた。まずは何から取り掛かるかと言えば式場であろう。

本来ならば教会だがレオルドは結婚式場を作る事に決めた。しかし、具体的なデザインが思い浮かばない。

なので、ここは相談するべきだろう。誰にと言われたらレオルドが頼れるのはそんなに多くない。

「ギル。バルバロトとイザベルのことなんだが、お前は知っていたか？」

「いえ、初耳でございます。時折、仲睦《なかむつ》まじい姿を見ましたが結婚にまで至るとは思ってもいませんでした」

ギルバートの傍《そば》にいたシェリアがその話を聞いてレオルドへ話しかける。

「あ、私は知ってましたよ！　イザベルさんから何度かお話聞きました！」

「ほう。そうなのか」

「はい！　もしかして詳しく知りたいんですか？」

「いや、そういうことではない。実はな、相談があるのだ。二人の結婚式を開催しようと思っている。そこでまずは式場の準備なのだがどういう風なのが喜ばれると思う？」

「わあ～！　それ素敵です!!　でも、結婚式ですか。私は考えたことないです。けど、煌《きら》びやかでお姫様みたいな結婚式だと凄《すご》い嬉しいです！」

「ハハハ、そうか。確かに誰もが憧れるようなものだからな。ギルはどう思う？」

「坊ちゃまがお好きなようにしたらどうですかな？　二人は坊ちゃまに仕える身なので、主である坊ちゃまが用意してくれたとなれば、大層お喜びになりますよ」

　その通りである。そもそも部下の為に主が結婚式を開くなど前代未聞の事だ。ならば、どのような形になろうが二人はレオルドが、自分達の為に用意してくれたものを喜ぶ事だろう。

　しかし、レオルドとしてはそれだと物足りないと思っている。折角、一生で一度しかない結婚式だ。盛大に祝ってやりたいと思うのは当たり前の事だろう。もっとも、結婚を何度もすれば一度切りということはないが。

　それに、レオルドはバルバロトに救われている。このゼアトで初めてレオルドのことを信じてくれた一人目の人間なのだから、レオルドは感謝の意味も込めて結婚を祝福してあげたいのだ。

ギルバートと別れてレオルドはシェリアをお世話係にして文官達と政務に忙しくなる。頭の片隅でどうしようかと悩みつつも書類を片付けていくのは、流石としか言い様がなかった。

ここでさらに問題が発生する。転移魔法陣を設置するために王都から研究者達が来たのだ。今回、レオルドが国王から許可を得たのはゼアトとレオルドの住む屋敷に繋《つな》がる転移魔法陣だ。

個人用と公共用を与えられたが、個人用の方は国王が信用に値する人物のみとなっている。

つまり、レオルドは国王からの信頼を得たということだ。他にも思惑はあるだろうが、細かい事は気にしてはいけない。

そう、気にしてはいけないのだ。

レオルドは屋敷に一つ転移魔法陣を設置してもらった後に、ゼアトのどこへ公共の転移魔法陣を置くかを考えた。

悩むレオルドに研究者達は困ってしまう。出来れば早々に決めてもらい、パッと終わらせて別の現場へと向かわねばならないのだ。

それが一番最初から時間を取られると予定が大きくズレてしまう。

なので、研究者達は悩んでいるレオルドに発言する。

「ゼアトの出入り口でよろしいのでは？」

「う～ん。そこがベストだろうが、万が一の事を考えたら別の場所にしたい」

「万が一とは？」

「犯罪組織、侵略者といったものだな。もしも、悪用されればひとたまりもない」

何故《なぜ》、レオルドがここまで悩んでいるのかを理解した研究者達はなるほどと納得した。

確かに言われてみれば、転移魔法は大きな可能性を秘めているだろう。経済の発展にも繋がるが軍事利用にも応用できる。

そうなれば、犯罪者が目を付けるのは当たり前だろう。研究者達は転移魔法の危険性をあまり考えていなかったようだ。

それも仕方ない。研究者というのは興味の対象以外はどうでもいいと考える人の方が多いのだから。

「よし、決めた。ゼアトの出入り口付近に転移魔法陣用の施設を建てよう」

「は？　今からですか!?」

「土魔法を使えばすぐだ」

「いやいや、魔法で建物を建てるなんて、そんな事出来ませんよ！」

（え……そうなのか？　でも、土魔法で地形を変えられるんだから、建物くらい作れそうな気がするんだが……）

思わず黙ってしまうレオルドに研究者達《たち》は顔を青くする。反論を述べた相手が伯爵であることをすっかり忘れていたようだ。

「仕方ない。シャルを呼ぶか」

特に怒られる事もなかったので研究者達はホッと胸を撫《な》で下ろした。

どうやらレオルドはシャルロットに助けを求めるべく探しに行くようだ。研究者達もレオルドの後を追ってシャルロットに会いに行く。

「おい、シャル。入るぞ」

ノックもせずにレオルドはシャルロットの部屋へと入っていく。怒られないのかと心配する研究者達は部屋の外で待機する。

「何か用？　あっ、もしかして私に会いたくなったのかしら～。うりうり～可愛《かわい》い奴《やつ》め～」

部屋で寛《くつろ》いでいた所にやってきたレオルドへシャルロットは近寄り、彼の頬を指で突《つつ》いた。

「ええい！　鬱陶しい！　お前に聞きたいことがあるんだ。土魔法で建造物を作るのは可能なのか？」

「可能よ～。ただ、とんでもなく魔力が必要だけどね～。デザインに拘《こだわ》るなら尚更《なおさら》よ。耐久性を考えたりしないといけないし、想像以上に重労働になるけど、まさか今からやるつもり？」

「ああ。手伝ってくれないか？」

「嫌よ！　とっても疲れるもの！」

「別にいいだろ！　これくらい！」

「じゃあ、魔力共有していいから一人でやって」

「む。それならいいだろう」

断固拒否と手をバツのように組んでいるシャルロットにレオルドは怒っていたが、魔力共有ならいいという事なので許す事にした。

シャルロットと魔力共有をしたレオルドは研究者達を引き連れてゼアトの出入り口付近へと移動する。

辿《たど》り着いた場所は見晴らしのいい平原で周囲には特に何もない。レオルドは地面に手をつけて土魔法で建物を作り上げる。

残念な事にレオルドに芸術センスはなかった。ただの円柱の中に広い部屋があるだけ。

しかし、施錠できる作りになっているので防犯機能は高い。犯罪者に悪用される事は少なくなるだろう。

そして、研究者達はレオルドが建てた転移魔法陣を設置する円柱を見て、どう感想を言えばいいかわからなかった。褒めるべきだろうか、笑う所なのか判断に迷ってしまう。

まずはレオルドの反応を窺《うかが》ってみるとやり遂げた顔をしていたので、研究者達は拍手を送る事にした。

(早く人材を集めないとな)

これで、ゼアトに転移魔法陣が設置されることになった。そのおかげで、ゼアトから王都への移動が物凄く早くなるのであった。

ただし、移動費はそれなりにする。


転移魔法陣を設置した翌日、レオルドは王都へと来ていた。早速、転移魔法を活用しているレオルドは国王に面会を求める。

王城へは顔パスになっており、門番はレオルドを見かけると、すぐに中へと通してくれた。

いつの間に顔パスが出来たのかと首を傾《かし》げるレオルド。不思議に思っているレオルドだが顔パスが使える様になったのには訳がある。

モンスターパニック終息の立役者に転移魔法を復活させた類稀《たぐいまれ》なる功績。それに何度も王城に出入りしているのだから門番が覚えるのは当然の事であろう。

王城へと進み、レオルドは国王への面会を求めた。連絡もせずにいきなりやってきたレオルドに説教でもあるかと思われたが、国王が受け入れたという報告を聞いて、レオルドは国王と面会する。

「突然の面会の申し出を聞いて下さり、感謝の極みでございます」

「良い。気にするな。珍しくお前からと聞いてな。いつもお前には世話になっているから、この程度はどうということはない」

「ありがとうございます。それで、陛下に頼みたい事があるのです」

「ほう。お前が私に頼みたいことか。言ってみろ」

「ゼアトに人を呼びたいのですが……王都から候補を集めてもよろしいでしょうか？」

「それくらいなら構わんぞ。自分で探すのか？」

「はい。その事で陛下に許可を頂きたいのですが……」

「うむ。よかろう。ただし、職人の場合は見習いまでだ。それでいいか？」

「はい！　ありがとうございます！」

国王からの許可は得た。これで後は有能な人材を見つけるだけである。

レオルドは早速、王都の街を探し回ることにした。

だが、そう簡単に王城を出る事など出来ない。何故ならば、彼女がいるからだ。そう一番最初にレオルドへ興味を持ち、今では虎視《こし》眈々《たんたん》と狙っているシルヴィアが。

「あら、奇遇ですわね。レオルド様」

「ハハハ……ソウデスネ」

乾いた笑みしか浮かばないレオルドは諦めて全てを受け入れることにした。

「今日はどのような用件で陛下に？」

「人材を探していまして、その許可を陛下に頂きに参りました。ゼアトは職人不足ですからね」

「なるほど。では、これから街へ行かれるのですか？」

「ええ、そうです」

ここで一言別れを告げて街へ向かいたいレオルドだったがシルヴィアによってそれは叶《かな》わない。

「それでしたら私も同行させてもらってもよろしいでしょうか？」

（ダメですッ！　なんて言えないよな……）

全力でお断りしたいが立場上不可能であるし、そもそも彼女には逆立ちしても口では敵《かな》わないだろう。ゆえにレオルドは諦めて笑みを浮かべた。

「陛下が許可されるのであれば是非とも」

出来る事なら許可が下りないことを祈るレオルドだったが、その祈りは天に届かず泡となって消える。国王はシルヴィアの外出許可としてレオルドとの同行を許したのだった。

（へへ……知ってた……）

とりあえず、レオルドはシルヴィアと一緒に街へ下りることになったのだが、その前に変装をすることになる。

レオルドは知名度こそ高いが顔までは広く知られていないので無難な服装に着替える。対してシルヴィアは知名度に加えて王都での認知度は凄《すさ》まじい。神聖結界という破格のスキルで王都を守っている彼女は女神《アイドル》のような存在だ。

当然、彼女がいきなり街中に現れれば騒ぎになるのは間違いない。それゆえ、シルヴィアの変装はレオルドよりもしっかり時間を掛けて施された。

髪型を変え、眼鏡を掛け、服装は出来るだけ控え目に、そして帽子を被《かぶ》って、なるべく顔を見せないようにして完成である。

「どうですか、レオルド様。これなら一目で私だとは思われないでしょう？」

心底楽しそうにしているシルヴィアはその場でくるりと回転してレオルドへ感想を求める。

「確かにその恰好《かっこう》なら殿下だとすぐにはバレないでしょう。よくお似合いですよ」

「ふふ、そうですか！　では、早速参りましょうか」

というわけでレオルドは変装したシルヴィアと一緒に街へ赴く。護衛は一応いるが二人の視界には入らないようにしていた。レオルドがいるからというのもあるが、シルヴィアの意向でもある。

名目は人材探しだが、二人で街を歩くのだからデートのようなもの。ならば、二人きりになりたいと言うのが恋する乙女というものだ。

二人は街を歩き、商業区の方へと向かう。そこには多くの商人と職人達が住んでいる。恐らく、有能な人材を見つけるならそこしかないだろう。後はレオルドの目利き次第だ。

しばらく歩いている二人は多くの音を耳にする。職人達の怒号に、何かを作っている音、人々の喧騒《けんそう》。

不協和音であるが不思議と悪い気はしない。これは人が生活している証《あかし》。これがここの当たり前なのだから。

「レオルド様。一つお尋ねしたいのですが今回はどのような者をお探しで？」

「そうですね。建築士や鍛冶師でしょうか。ゼアトは元々物流で稼いでいた都市ですからね。商人は多いのですが、いかんせん物作りの方は人材が乏しいのです」

「確かにそうですわね。でしたら、まずは鍛冶屋の方からにしますか？」

「そちらの方がいいですね。正直、鍛冶屋の方には興味がありましたから」

なんだかんだ言ってもレオルドは年頃の男の子である。加えて真人《まこと》の魂と融合を果たしているので武器や鎧《よろい》などには興味津々なのだ。

つまり、玩具《おもちゃ》売り場にいる子供と同じように興奮している。まあ、流石《さすが》に子供のように大はしゃぎはしないが内心はワクワクしていた。

（むふ～～～！　ちょっと楽しみだぜッ！）

ただ残念ながらシルヴィアにはお見通しであった。それもそうだろう。彼女は幼い頃から洞察力を鍛えてきたのだから。

（まあまあ、フフフ。レオルド様ったら可愛らしいこと……）

幼子のようにはしゃいでるのが分かるシルヴィアはまるで聖母のように微笑《ほほえ》むのであった。


鍛冶屋へやってきた二人は一緒に店内を見て回る。その間、レオルドは隠しているのだろうが妙にソワソワとしている。

レオルドの態度がおかしいことに気がついたシルヴィアは彼の心情を酌み取り、それとなく誘導する。

「レオルド様。私、もっと見てみたいです」

「え？　しかし、ここは鍛冶屋。殿下にはあまり馴染《なじ》みがないというか、縁がないというか……鎧や剣など不要なのでは？」

「あら？　そうは言いますが女性の騎士もいますし、鎧なども鑑賞用として購入することもありますわ」

「確かに……。で、でしたらもう少し奥の方まで見に行きますか？」

　ソワソワとしているのを隠しきれていないレオルドは奥の方をチラチラと見ている。それを見たシルヴィアはクスリと笑い、レオルドの言う通り奥へと向かった。

　店内を見て回る予定はなかったのだが彼の子供心を見抜いたシルヴィアの機転でレオルドは運命48《ゲーム》でも見ることのなかった鎧や剣を見る事が出来た。

　おかげで興奮が止まらないレオルド。男心をくすぐるデザインの全身甲冑《かっちゅう》に、思わず目を奪われてしまう美しい剣。これらを見られただけでも大満足である。レオルドは店を出て行く際に自身の専用装備でも作ってもらおうかと考えるのであった。

（竜騎士装備とか憧れるよな～！　いやいや、白騎士装備や黒騎士装備だっていい！　いや～、考えるの楽しいな。でへへへ）

　まあ、彼が持つ運命48の知識さえあれば店で売っている装備よりも良い物は手に入るのだが、今はその事をすっかり忘れているレオルドであった。

（フフッ。レオルド様楽しそうですわね。この調子でいけば私への印象も変わるはずでしょうから気を抜かないでおきましょうか）

　こちらはこちらでレオルド攻略を着々と進めていた。

鍛冶屋を後にしたレオルドは当初の目的を思い出してシルヴィアへ声を掛けた。

「殿下。少し寄り道をしてしまいましたが当初の予定通り建築士を探そうと思います」

「鍛冶師ではないのですか？　先程のご様子を見る限り、私はてっきり鍛冶師を雇うのかと思いました」

「まあ、魅力的ではあるのですが今は鍛冶師よりも建築士かと。ゼアトは現在発展途上ですからね。建物など増やしていく予定ですから建築士がいたら有難いのです」

「なるほど。では、建築士の方を探しに参りましょうか」

最初に見つけるべき人材は建築士だと決めたレオルドとシルヴィアは歩き始める。建築士を見つけて、結婚式場のデザインを考えてもらおうと人任せなレオルド。

人には得意な事があれば苦手な事もある。それは誰でもだ。ならば、レオルドは己の得意分野ではない芸術センスを他人に任せるしかない。

だから、建築士に結婚式場を任せようと決めているのだ。何一つおかしいことはない。

すると早速、面白い事が起こる。二人が歩いていると怒号が聞こえて来たのだ。

「親方っ！　どうして、こいつの凄《すご》さを分かってくれないんだよ！　こいつが実現すれば、歴史は変わるんだ！」

突然、聞こえて来た面白そうな話にレオルドは心惹《こころひ》かれ、話し声が聞こえた方向へと歩いていく。

（ほう？　何やら、面白い会話が聞こえて来たな）

傍《そば》にいたシルヴィアはレオルドの後ろをついて行く。デートのようなものではあるが本来の目的は人材探し。ならば、レオルドへの口出しは無用。ただし、質問などはするが。

二人が辿《たど》り着いた先には大きな工房があり、何かを作っているようだった。

気になって中を覗《のぞ》いてみると、馬車の部品が大量に置かれてあり、どうやらこの工房では馬車を作っているようだ。

その奥で一人の若い男が初老の男に抗議をしているのが見える。若い男は何やら大きな用紙を握っており、必死に初老の男へ訴えていた。

「だから、どうして理解してくれないんだ！　こいつさえ、完成させればきっと歴史に名を残すような発明になるんだって！」

「お前の言いたいことはわかるし、やりたい事も理解している。だがな、俺達《たち》は仕事をしてるんだ。お前の発明とやらに割く時間はねえんだよ」

「さっきから言ってるじゃないか！　一度、馬車の製造を中止して、こっちの開発を――」

「だったら、お前がうちの奴《やつ》らを食わせる事が出来んのかっ！」

「そ、それは無理だけど……！　でも、貴族様に支援をして貰《もら》えれば……」

「成功するかも分からねえもんに貴族様が援助してくれるわけねえだろうがっ！　現実を

見やがれ！」

「どうして……！　分かってくれないんだ……ッ！　これさえ、これさえ上手《うま》くいけば――」

「夢を見るのは勝手だが、それで仲間を殺すなら辞めちまえっ！」

「っっっ……！」

見るからに、相当揉《も》めているようだ。若い男が新発明を生み出したが資金の問題で作る事が出来ないのだとレオルドは察する。

見た感じ若い男は、レオルドと大差ない年齢だろう。大きな用紙をクシャリと握り締めて親方と呼んでいた初老の男から、若い男は逃げ出す。

工房の中を覗いていた二人にも気付かず、若い男はどこかへと走り去っていく。なんだか気になるレオルドはその男を追いかける事にした。

「殿下。彼を追いましょう」

「ふふ。ええ、分かりました。レオルド様のお好きなように。私は黙って付いて行くだけですわ」

「ありがとうございます。では、行きますよ」

若い男が走り去っていった方を探しに行く二人は道の隅っこにしゃがんでいじけている男を発見した。

「そんな所で何をしているんだ？」

「だ、誰だっ!?」

しゃがんでいじけていた男はいきなり声を掛けられて驚いてしまう。顔を向けると、そこにいたのはレオルドとシルヴィア。

「これはすまなかった。俺の名前はレオルド・ハーヴェスト。一応、伯爵家の貴族だと言っておこう」

「なっ……き、貴族様がオイラになんの用だ？」

（オ、オイラ……！　一人称がオイラってキャラ立ってるね！）

くだらない事を考えているレオルドは咳払《せきばら》いをしてから本題に入る。

「おほん。まあ、そう警戒するな。俺はさっきのお前と親方の話を聞いていてな。気になって追いかけてきたんだ」

「なっ……！　聞いていたのか……」

「あれだけ大きな声なら気になるのは仕方ないだろう。それよりも、俺が気になっているのは、その大きな用紙だ。さっきの話から察するに、それは何かの設計書じゃないのか？」

「そこまで、聞いてたのか……。そうだよ。これは、オイラが考えたんだ。親方と仕事で帝国に行った時、帝国の魔道列車を見て閃《ひらめ》いたんだ」

「ほう。よければ見せてくれないか？」

「……いいよ。もう、こんなものくれてやる」

そう言ってレオルドに用紙を突き出す男は悔しそうな顔をしている。恐らく、男からすれば手放したくないのだろう。でも、作る事が出来ないのだ。誰にも理解して貰えないから。

「まあ、見せてもらうが俺には必要の――」

男から受け取った用紙を広げて、そこに広がっていた設計書に度肝を抜かれる。

用紙を新聞のように広げながら驚愕《きようがく》に震えていたレオルドはバッと顔を上げて男の顔を見た。

「お前だ……ッ！　お前に決めた！」

「は？　いきなり、何を言ってるんだ？」

「お前の名前はなんだ！」

「えっ？　オ、オイラの名前？　なんで、そんな事を聞くんだ？」

「ふっ……！　お前を俺の領地に迎え入れたいからだ！」

「へっ？」

「分からないだろう。だが、すぐに分かるさ。お前は天才だ！　はははははっ！　まさか、このような事があるとはな！！！　運命とはこの事を言うのかもしれない！　ああ、俺は感謝をしよう。今日、この日、お前に会えた事を！」

目の前で狂ったように笑うレオルドを見て男は混乱よりも恐怖が勝っていた。その一方で傍にいたシルヴィアはゾクゾクしていた。

なにせ、滅多に見る事の出来ないハイテンションのレオルドを見たのだから。

果たして、一体何を見て彼は笑っているのだろうかとシルヴィアは興味津々であった。

その一方で、男の方は本能がここにいてはいけないと告げている。逃げ出そうとする男はレオルドが見てないうちにこっそりと逃げ出したが、悪魔《レオルド》からは逃げられない。

「どこへ行こうと言うのだね？　んん？」

「ひえっ……！」

流石《さすが》は元クズ人間だった男だ。他者を恐怖に陥れるのはお手のものである。

逃げ出そうとした男の首根っこを捕まえて、レオルドは男が逃げ出してきた工房へと向かう。その理由は捕まえている男が職人の場合、引き抜く事が出来ないからだ。

まずは、男が見習いかどうかを確かめる為《ため》に工房へと向かい問わねばならない。

「はっ、離せよっ！」

「阿呆《あほう》。離したら逃げる気だろ」

「逃げない！　逃げないから離してくれ！　首がしまって苦しいんだ」

事実、レオルドが先程から首根っこと言うよりは服の襟足を引っ張っているせいで男は首がしまっていた。

息苦しいと男は必死にレオルドへ頼み込む。流石にこんなくだらない事で死んでも困るのでレオルドはパッと摑《つか》んでいた襟足を離した。

「ゲホゲホ、あんた無茶するなぁッ！」

「すまんな。昂《たかぶ》っていたんだ。許してくれ」

「まあ、別にいいけどよ……。あんた、アレが何なのか理解してるのか？」

アレとは男が持っていた設計書の事だろう。勿論《もちろん》、レオルドはその内容を理解している。むしろ、理解しているからこそ歓喜に震えて大笑いをしたのだ。

「当然だ。だからこそ、俺はお前を是が非でも我が領地へ連れ帰りたいんだ」

「そ、そこまで言われると照れるなぁ。でも、貴族様の領地は――」

「先程からあんたは貴族様と俺の事を呼んでいるが、レオルドと呼べ。もしくは、伯爵閣下だ」

「じゃあ、レオルドで」

「ふっ、はははははっ！　本当にそう呼ぶとはな。俺は気にしないが、他の貴族には言葉遣いに気をつけろよ。下手をすればその場で斬首も有り得るぞ」

「えっ……！」

「そう怯《おび》えるな。俺は言葉遣いが悪くても気にせん。ただ、俺の部下がいる前では気をつけた方がいいかもしれん。注意されるだけならいいが、下手をしたらどんな罰があるやら……」

「えっ……えっ……？」

「まあ、安心しろ。今は俺しかいないから誰も文句は言わん。それよりも話している内に着いたぞ」

そう言うレオルドが工房に指を向ける。男はレオルドの話を聞いて怯えていたが、工房を見て今度は別の意味で怯え始める。

勢い良く飛び出しておいて、すぐに戻ってきたのだから何を言われるか分からない。

チラリとレオルドの方に男は顔を向ける。レオルドは男が何を考えているのか分かり、男よりも先に工房へと向かう。

男はレオルドの背中に隠れるようについて行く。

「頼もう！」

威勢よくレオルドは工房の中に向かって吠《ほ》える。すると、工房の奥から初老の男ではなく別の男が現れた。

「あの、どちら様でしょうか？」

「俺の名はレオルド。レオルド・ハーヴェストだ。一応伯爵家の当主でもある」

「えっ!?　レ、レオルドってあの転移魔法を現代に蘇《よみがえ》らせたって言うレオルド様ですか!?」

「ああ。そのレオルドだ」

「あ、あわわわっ！　親方ぁッ!!」

時の人であるレオルドが来た事に男は慌てふためき、工房の主である親方を呼びに奥へと引っ込んだ。

しばらく待っていると、レオルドの背中に隠れている男と言い争っていた初老の男が奥から現れる。

初老の男はレオルドの背中に隠れている男を一度だけ睨《にら》みつけ、彼の傍にいるシルヴィアを一瞥《いちべつ》すると、すぐにレオルドへ視線を戻した。

「伯爵様がこのような場所になんの御用で？」

「一つ尋ねたい事があってな。俺の後ろに隠れている男はここの工房の職人か？　それとも見習いか？」

「知りませんな。そいつはうちの職人でもなけりゃ見習いでもないです」

「本当か？」

確かめるようにレオルドは後ろに隠れている男へ聞いてみるのだが男は目を泳がせて答えようとしない。

「ふむ。親方よ。俺は今ゼアトと呼ばれる領地の主をしている。そこで、俺は王都から人材を集めている最中なのだが……この男を是が非でも我が領地に迎えたい。しかし、陛下からは職人はダメだと言われている。見習いまでなら許可を得ているのだが、本当にこの男は職人でもなければ見習いでもないのか？」

　真剣な表情で問い質《ただ》すレオルドに親方と呼ばれている男は顔を歪《ゆが》める。言い難《にく》そうに口を閉じていたが、口を開いた。

「そいつは……マルコはうちの職人だ。だが、さっき解雇した。だから、もううちとは関係ない」

「なっ!?」

　レオルドの後ろにいたマルコが驚いた声を上げる。それに構わずレオルドは話を続けた。

「ならば、俺が連れて行っても構わないな？」

「ええ。どうぞ、ご自由に」

　そう言って親方と呼ばれている男は二人の前から去ろうとする。

　しかし、その時、マルコが慌てて親方へしがみつく。

「お、親方っ！　なんで、オイラが首なんだよ。オイラは確かに親方に無茶なお願いをしちまったけど、首にするなんて……そんなの嫌だよ！　諦める。オイラ、諦めるから！　もう二度と馬鹿な事は考えないから、首にはしないで――」

「バカヤロー！　マルコ、お前は自分で未来を閉ざす気か！」

「へっ……？」

「いいか？　伯爵様、いいや、レオルド様は今や国では知らない人の方が少ないくらい有名な御方《おかた》なんだ！　お前はそんな凄《すご》い御方に見初められたんだ！　お前の才能をレオルド様は買ってくださるんだよ……」

「そ、そうなのか……？」

親方の言っていることは本当なのだろうかとマルコはレオルドへ顔を向ける。

「ああ。その通りだ。大体、さっきも話しただろう。お前は天才だ。お前がどうしても欲しいと」

「ここまで言って下さるんだ。マルコ、俺じゃお前の夢は叶《かな》えてやれない。だけど、レオルド様ならお前の夢を叶えてくれるかもしれない。だから行け。俺の事は気にするな。お前がやりたいようにやるんだっ！」

「お、親方。でも、オイラはまだ親方に貰《もら》ったもん何も返してないのに……」

「そんなのはいいんだ。お前はうちで十分働いてくれた。だから、もういいんだ。レオルド様の所へ行って夢を叶えて来い」

「お……親方ぁ……ッ！」

（いい話だなー……）

熱い男達《たち》の物語にレオルドは心の中で涙する。目の前で涙を流す男二人を眺めながら、レオルドは感動していた。

そこへすすすとシルヴィアがレオルドへ近づき、彼等《ら》には聞こえないように小さな声で話しかける。

「やりましたね、レオルド様」

「ええ。最高の結果です」

シルヴィアと話していてレオルドはふと思った。自分の周囲には何故《なぜ》天才、奇人ばかりが集まるのかということを。そこでレオルドはシルヴィアを見る。もしかしたら、その筆頭である彼女が原因かもしれないと考えるのであった。

そのような因果関係はないのだが、ただ一つ言えることは間違いなくレオルドの周りにはこれからも奇人、天才、変態が増えることだろう。

第一号となる有能な人材を手に入れたレオルドはホクホク顔である。思わずスキップしたくなるほど嬉《うれ》しいが、周囲の目が気になるのでスキップはしない。

「ふふ、上機嫌ですね。レオルド様」

「まあ、思わぬ出会いでしたからね」

「ちなみに彼が持っていた用紙には何が書かれていたのですか？」

その質問にレオルドはどう答えようかと悩んだ。本来なら答えるべきなのだが、マルコの発明はまさしく歴史を変えるもの。そう簡単に明かす事は出来ない。

そう判断したレオルドは答えを濁すことにしたのだった。

「申し訳ありません、殿下。今はまだ秘密ということで」

まだ、という言葉を強調してシルヴィアへはいずれ教えることを約束した。それがどういうことか理解したシルヴィアは嬉しそうに微笑《ほほえ》むのであった。


工房を後にした三人は大通りを歩いていた。

「さて、マルコ。まずはありがとうだ。俺の領地に来てくれて」

「レオルド……さま。本当にオイラの夢を叶えてくれるのか？」

レオルドの後ろを俯《うつむ》いて歩いていたマルコは顔色を窺《うかが》うように質問する。

「くくっ。愚問だな。お前と俺がいれば必ず実現する。安心しろ。お前の夢は叶い、世界にお前の名前を轟《とどろ》かせてやろう」

さて、どうしてここまでレオルドが自信満々なのかと言うと、理由は一つ。帝国の魔道列車を参考にしたのだろう。彼が描いたのはまさに自動車の設計図であったのだ。

レオルドには真人《まこと》の記憶があり、真人は製造業の開発・設計を担当していた。もうお分かりだろう。レオルドがここまで自信満々なのは、真人の記憶にある製造業が車に関連していたからだ。

その知識を使えば、帝国の魔法と科学の融合した文明を超える事は不可能ではない。

大陸一の帝国を凌駕《りょうが》する事も夢ではない。

ただ、帝国がそれを許すかどうかだが、それはやってみなければわからないだろう。

「ふっふっふっ。さあ、次は建築士でも探すか！」

「建築士？　それならオイラの友達にいるぞ」

「なんだとっ!?　どこにいるんだ！」

「あ、案内するから少し離れてくれ」

彼の発言にレオルドは興奮して、マルコの両肩を摑んで揺らす。がしりと力強く摑まれているのでマルコは痛みを感じており、レオルドに離してもらうように頼んだ。

「すまん。お前に会えただけでも幸運だったのに、まさか求めていた建築士にまで会えるとは思わなかったから」

（オイラが女の子だったら惚《ほ》れてたんだろうなぁ……。レオルド様って男のオイラから見てもカッコイイからきっとモテるんだろうなぁ）

イケメンに産んでくれた両親に感謝をしなければならない。それなのに一時は道を踏み外した豚に成り果てていたのだから罪深い生き物だ。

話はそれてしまったがレオルドはマルコの友人である建築士へ会いに行くこととなった。

どのような人物なのかレオルドは事前にマルコに教えてもらう。

「マルコ。お前の友人はどのような人物なんだ？」

「う〜ん……。引っ込み思案ですかね。建物のデザインとかよく描いてる癖に他人には見せたがらないんだ。オイラが良いなと思ってもそいつは駄作だなんだって言って破った時もあるんだよ」

「引っ込み思案？　どちらかと言えば自己評価の低いネガティブな人間じゃないのか……」

「まあ、そんな感じかな。でも、悪い奴《やつ》じゃないんだ。ホントに自分に自信がなくて……だから、一人前の建築士なのに仕事をしてないんだよ」

「それはいいのか？」

「建築士は師事して一人前と認められたら、自分で仕事を探すんだよ。だから、自分から売り込みに行かなきゃいけないいんだけど……」

「性格上、難しいということか……」

腕を組んで頭を悩ませるレオルドはマルコの友人である建築士を招き入れる事が出来るのだろうかと考える。マルコの言う通りならば、性格上難しいかもしれない。

「レオルド様。最悪、伯爵としての権限を使えばいいのでは？」

「あまり無理強いはしたくありませんが……見習いでもないフリーの方なら最悪そうします」

権力を行使すれば可能だろう。その場合、使い物になるかどうかだ。出来れば、レオルドも嫌々よりかは合意の下《もと》に付いて来て欲しいと思っているがシルヴィアの意見も間違っていないと頷《うなず》いた。

「ここだ。ここに住んでるんだ」

マルコが指を差した建物は少々寂れた集合住宅である。どうやら、仕事がないから稼ぎも少ないのだろうと言うことが手に取るように分かった。

「……さっき仕事してないと言ったが住む場所はあるんだな」

「オイラと一緒に住んでるんだ」

「は？　そんな話聞いていないぞ？」

「ああ、オイラは基本は工房で寝泊まりしてるんだ。でも、ここにオイラが借りてる部屋があるんだよ。そこにオイラの友人もいる」

「お前が食わせてやってるのか？」

「まあ、そうなるかな？」

「ちなみに一つ聞くんだが、男か？」

「女だよ」

（こ、こいつっ！　さらっと言ったけど、女と同棲《どうせい》してるのかよ!!）

最早《もはや》、友人という認識を忘れているのかレオルドはマルコに嫉妬していた。二人っきりの同棲生活が羨ましくて仕方ないのだろう。

レオルドも女性と同じ屋根の下で暮らしているが、使用人達であり女性という認識ではない。

では、シャルロットはと言うと今の所レオルドにとっては良き友人という認識だ。

これではマルコの事を強く言えないはず。だが、レオルドがその事をすっかり忘れているのは言うまでもないだろう。

「そうか。女性か。付き合ってるのか？」

「え？　そんな事考えた事なかったな～」

「よく考えておけよ。友人と言っても相手は女性なんだ。もしかしたら、お前が考えてる以上に相手はお前の事を思っているかもしれないんだからな」

一度、鏡を見た方がいい。他の人に言っている場合ではないはずだ。しかし、レオルドがその事に気付くことはなかった。

(何故《なぜ》、他人の事には目敏《めざと》いのでしょうか？　もしかして、レオルド様は鈍感なのでは!?　でしたら、私はもっとアピールするべきですわね！)

すぐ横で一人の恋する乙女が燃え上がっていた。

とりあえずレオルドはマルコの友人である建築士をしている女性に会う為《ため》、集合住宅の階段を一緒に上がっていく。

先導していたマルコが止まった事で二人はマルコが借りている部屋に辿《たど》り着いた事を知

る。

「ここだ。ちょっと待っててくれ」

「ああ。わかった」

部屋の扉を何度かマルコが叩《たた》く。すると、ガチャリと鍵の開く音が聞こえて扉が開いた。

扉の隙間から顔を覗《のぞ》かせているのは、紛れもなく女性であったが陰湿な見た目をしていた。

髪はボサボサで目元が隠れるまで伸びている。首から上しか見えないが肌は白く、病気なんじゃないかと疑いたくなるような見た目である。

「マ、マママルコ？」

「うん。オイラだよ。サーシャ、会ってもらいたい人がいるんだけど中に入れてくれないか？」

「エ、エヘッ、ここはマルコが借りた部屋だから私の許可なんて必要ないよ……」

「そっか？　まあ、でも一応な」

「あ、ああありがと。マルコは優しいね」

許可を得たのでマルコは二人を部屋へと招き入れる。家の中は二部屋しかなくて、所謂《いわゆる》1DKと呼ばれる形をしていた。

（ふむ。そこそこ広いな）

奥の洋室へと案内された二人は足元に無造作に散らばっている紙に注目する。拾い上げて裏返して見ると、建物のデザインが描かれている。

芸術的センスのないレオルドもそれは素晴らしいと感じた作品だったがサーシャが奇声を上げてレオルドから紙を奪い取る。

「あぁぁぁあぁぁぁぁああああっ！」

「うおっ!? び、びっくりしたな」

「こら、サーシャ！　その人はレオルド様って言って貴族様なんだぞ！」

「ひっ！　も、申し訳ありません！　お、おゆ、おゆゆるしください！」

マルコに叱られてレオルドが貴族だということを知ったサーシャは土下座をして謝罪をする。

「いや、構わない。それよりも顔を上げてくれ。俺は君と話がしたい」

「で、でもでも……わ、私の顔なんて貴族様にお見せするような顔じゃないので……」

これでは話が進みそうにないと困ったレオルドは、助けを求めるようにマルコへと顔を向ける。

マルコはレオルドが助けて欲しそうに顔を向けていることがわかり、土下座をしているサーシャに優しく説明した。

「サーシャ。レオルド様が困ってるから、顔を上げてくれ。大丈夫、オイラもレオルド様もサーシャの事を虐《いじ》めるような事はしないから」

（俺はいじめっ子か何かと思われてるのか？　いや、まあ、昔はいじめっ子みたいなことしてたけども……）

ビクビクと怯《おび》えているサーシャは僅かに顔を上げてマルコを見詰める。マルコが安心させるように笑うので信じてみようとサーシャは顔を上げた。ただし、髪の毛のせいで目元は見えないが。

「サーシャと言ったな」

「は、ははは い……」

やはり、レオルドが怖いのかサーシャがまた怯えて震え出した。これでは交渉が困難だと思っていたらシルヴィアが助け舟を出してくれた。

「そう怯なくても構いませんわ。レオルド様は貴女《あなた》に頼みたい事があるのです」

「わ、わた、私なんかに頼みたい事って……？」

どうやら、レオルドよりもシルヴィアの方が話しやすいのだろう。サーシャの震えも収まっている。

自分の領地のことではあるが彼女に任せた方がいいだろうとレオルドは判断してシルヴィアへ目配せをするのだった。

「はい。レオルド様の領地に来て建築士として働いてみてはいかがでしょうか？」

「えっ、えっ、えっ？」

「戸惑うのも無理はありませんわ。突然の事で混乱しているかもしれませんが、レオルド様の領地はまだまだ発展途上なのです。色々と足りない事が多いのです。いくつか施設を建設しようとは考えてはいますが肝心の建築士がいません。そこでレオルド様は陛下に頼み、王都で集めることにしたのです。今はまだマルコさんしか見つかっていませんが……。どうでしょうか？　マルコさんの友人という事もありますのでサーシャさんには是非とも来てもらいたいと思います」

「あ、えっと……その……」

なんと言えばいいのだろうかと困っている素振りを見せるサーシャはマルコに助けを求めた。サーシャから助けを求められているマルコは嫌な表情一つせずに彼女を助ける。

「落ち着いて、サーシャ。オイラはサーシャに一緒に来てもらいたい。実は、オイラはレオルド様に付いていくんだ。だから、もうここには帰って来ない」

「えっ……うそ……？」

「本当だよ。オイラはレオルド様と一緒にゼアトって領地に行く事に決めたんだ。だから、もしサーシャが来ないならここでお別れになる」

ここでサーシャがマルコと別れてしまえば、サーシャはマルコに養われていたので明日からの生活に困るだろう。一人前の建築士なのだから仕事を探せばあるのだろうがサーシャの性格上難しい。

　なので、サーシャの答えは決まっているようなものだ。

「マ、マルコが行くなら……私も一緒に……」

「本当かっ!?」

　サーシャの返答に思わず声を上げてしまうレオルドに彼女は怯えてしまう。

「ひぃっ！」

「……二人共、頼む」

　毎回怯えられてしまうレオルドは悲しげにシルヴィアとマルコへ後を託した。

「えっと、一緒にって言うけど今度はきちんと仕事をしてもらいたいんだ」

「うっ……！　で、でも私なんかのデザインなんて……ゴミだし……誰も喜ばないよ」

「そんな事ないよ。オイラはサーシャのデザイン好きだよ」

（なに、ナチュラルに口説いてんねん。はっ倒すぞ？）

　口を挟めばサーシャが怖がるので無言のレオルドだが、内心ではキレッキレの突っ込みである。

「マルコは優しいから……」

「嘘《うそ》じゃないよ。レオルド様、さっき見ただろ？　サーシャが描いたデザインを」

「ああ。見事なものだった。だから、サーシャよ。考えてみてくれないか。もしも、来てくれるのならマルコと一緒に外へ出てきて欲しい。俺達《たち》は外で待っている。マルコ、後は頼んだぞ」

「えっ、いいのか？」

「俺達がいたら邪魔だろう。あと一つ言っておくがサーシャが断ってもお前は来るんだぞ！　いいな！」

そこだけは譲れないとレオルドは念を押す。そのまま、シルヴィアと一緒に外へと出ていく。二人の背中を見詰めていたマルコはサーシャへと向き直る。

「サーシャ。もう一度聞くけど、一緒に来てくれないか？」

「……わ、私なんかでいいのかな？」

「いいに決まってる。レオルド様もさっき言ってただろ？　だから、大丈夫だって」

「マルコは……？　マルコは私が一緒だと嬉《うれ》しい？」

「オイラ？　当然じゃないか。オイラはサーシャと一緒なら嬉しいよ」

なんという天然だろうか。女性が不安げに聞いている質問に対する回答としては完璧ではないのだろうか。

サーシャがマルコの事をどう思っているかはまだ分からないが、少なからず嫌いではないはずだ。

「な、なら……！　私……頑張ってみるね」

「おおっ！　ありがとう、サーシャ！」

「ひゃっ、ひゃあああっ……！」

歓喜のあまりサーシャ抱きしめるマルコに彼女は悲鳴を上げる。顔が真っ赤に染まっていたが嬉し恥ずかしといった感情で彼女の内心は大混乱であった。

ここにレオルドがいたのならば間違いなく切れていただろう。

自分もシルヴィアをお姫様抱っこした事があるのにも拘《かかわ》らず、他人へ嫉妬するのがレオルドなのである。

外で待っているレオルドはぼんやりと空を眺めている。今更だが王都に来ればジーク達に遭遇してしまう事を思い出していた。

（あー、ジーク達に遭遇する前に帰らないとなぁ）

危惧しているがジーク達とレオルドが遭遇する事はない。何故ならば、ジーク達はまだ学園で勉強をしているからだ。

今は昼過ぎなので午後の授業が開始された頃だろう。ゆえに、レオルドがジーク達と遭遇して何かを言われることは決してない。

しかし、そんな事を知らないレオルドは見えないジークに怯えていた。

ただ、レオルドは現在伯爵であり王国では知らない人間がいないほどの人物だ。そんな人物に対してジーク達がちょっかいを掛ければどうなるかと言えば、下手をすればお家取り潰しである。

当たり前だろう。レオルドは確かに決闘で敗北したが、その後の活躍は他者の追随を許さないものだ。

たかが男爵家の跡取りであるジークがどうにかできるものではない。貴族社会なのだから、上の階級の者が黒を白と言えば白になるのだ。

つまり、決闘さえもなかったことになるのも十分に有り得るのだ。相手の方は激怒するだろうが、今のレオルドとジークを比べたら誰もが納得するであろう。

しばらくの間、レオルドがぼんやりと空を眺めていたらシルヴィアが彼に声を掛ける。

「どうかされましたか、レオルド様？」

「ああ、いえ、なんでもありません」

「そうですか。何もないのなら良いのですが。それよりも彼は上手《うま》く説得出来たでしょうか？」

「マルコですか？　まあ、なるようにとしか言えませんね。強制は出来ませんから。ただ上手くいくことを願うだけです」

「もしも、ダメだった場合は私が探しておきましょうか？」

「それは嬉しいお言葉ですが、やはり自分の領地の事なので遠慮しておきます」

「ふふ、そうですか。では、そうしておきます」

「あ、ですが、私ではどうすることも出来ない時はお願いしてもよろしいでしょうか？」

その言葉にシルヴィアは一瞬驚いて目を丸くしたが、レオルドから頼られているという事を理解した彼女は微笑《ほほえ》んで返事をする。

「ええ。勿論《もちろん》、その時はお力になりますわ」

そうして二人が話していると、マルコとサーシャが出て来る。レオルドは二人に気がついて顔を向けた。

「決心してくれたか」

「は、ははははぃ……」

どうやら、まだレオルドの事は苦手のようだ。と言うよりはマルコ以外の人間が苦手なのかもしれない。

だとすれば、マルコはどのようにサーシャと仲良くなったのだろうかと気になるが、今はどうでもいいことだろう。

「ひとまず、お前達を連れてゼアトへと帰ろうか。マルコ、サーシャ。これから、転移魔法陣へ向かうから必要な荷物を持って準備をしろ」

「もう出来てるよ」

「……」

かっこよく決めていたのにマルコの一言によりレオルドは盛大に滑ってしまう。

「そうか。なら、転移魔法陣を使おう」

これから転移魔法陣へ向かうのだが、その前にシルヴィアを同行させるかどうかだ。

レオルドはマルコとサーシャに聞こえないようにシルヴィアへ小さな声で話しかける。

「あの殿下。一度王城へ戻りましょうか？」

「そうですわね。流石《さすが》に王都から離れる際には一度陛下へ報告しませんと……」

(付いてくる気満々やんけ……)

本来、彼女は神聖結界で王都を守っているから離れる事は出来ないのだが転移魔法様様である。

というわけでシルヴィアはこっそりと付いてきていた護衛に王都を離れることを報告した。

動揺する護衛であったが転移魔法ですぐに帰ってくると言うシルヴィアの圧力に負けてしまい、急いで国王へ報告に向かうのであった。

(可哀《かわい》そうに……。きっと大目玉を喰《く》らうだろうな)

アフターフォローはシルヴィアがするだろうがレオルドも一応援護しておこうと決めるのであった。

その後、王都に存在している転移魔法陣が設置されている場所へとレオルド達は向かう。

三人は初めての転移魔法に緊張していた。対して、レオルドはもう慣れたものであり何の感動もない。

王都に設置されている転移魔法陣は厳重に警備されており、悪用されないようになっていた。一応、レオルドも建物の参考にしようと色々と見て回る。

一通り目を通したらレオルド達はゼアトへと戻る事を決める。転移魔法陣へと向かい、料金を支払って移動する。

中々に高いのだが安全安心かつ一瞬なので誰も文句は言わない。それに、この転移魔法による利益はレオルドに二割も入るので痛くも痒《かゆ》くもない。

（どうせならタダにして貰《もら》いたいんだがなぁ）

不満タラタラである、この男。既に多くの商人が利用を始めており、かなりの額がレオルドの元に振り込まれている。まだ知らないから仕方ないのだが、他人が聞いたら間違いなく腹パン肩パン案件であった。

そんな事を考えている内に転移が始まる。目が潰れるのではないかと毎回思ってしまうほどの光が放たれてレオルド達はゼアトの転移魔法陣へと転移した。

「な、なんだかさっきと違って味気ない建物だね」

「……」

クリティカルヒットである。サーシャに悪気はなかったのだろうが、レオルドには精神的ダメージが入ってしまう。一生懸命レオルドが作り上げた転移魔法陣の円柱はサーシャには駄作にしか見えなかったのだろう。

思わず両膝から崩れ落ちてしまいそうになるレオルドはなんとか持ち堪《こた》えて出口へと向かう。

「オイラは無駄に装飾とかついてるよりいいと思うけどな。でも、王都と違って作りが簡素だから防犯とか不安だなぁ」

悪気はない。悪気はないのだ。これは素直な感想なのだ。レオルドが作り上げた円柱に対しての、純粋な意見であり感想なのだ。怒ってはいけない。責めてもいけない。

もしも、責めるというのなら己の芸術的センスのなさを責めるしかないだろう。

「……」

「レオルド様。どうかしました？」

先程から沈黙しているレオルドが気になったシルヴィアが問い掛けるがレオルドは返事をしない。

「もしかして、オイラは何かやっちゃったか？」

「えっ!? もももしかして、私でしょうか!?」

レオルドが怒っているから黙っているのではないかと不安になったマルコとサーシャ。

安心して欲しい。レオルドは怒ってはいない。ただ悲しんでいるだけだ。

二人にボロクソに言われたから、少し悲しんでいるだけなのだ。

だから、どうかそっとしておいて欲しい。

「気にするな。行くぞ」

「えっ、あっ、うん」

出口の扉に手をかけてレオルド達はゼアトへ帰って行く。三人はレオルドの後ろを歩いているのだが、その背中はどこか寂しそうに映った。

（もう二度と作らねえ！）

悲しみを超えてゆけ。たとえ涙を流そうとも前を向いて歩くのだ。立ち止まることは許されない。運命を覆すのならば、どうか前を向いて歩き続けて欲しい。

「ねえ、マルコ。見て。やっぱり、酷《ひど》いデザインだよ」

「んー……ただの円柱だなぁ。王都のに比べたらみすぼらしいね」

（うおおおおおおおおおっ！！！）

二人が振り返ってレオルドが作り上げた円柱を見ての感想だった。決して二人は悪くない。悪いのは全てレオルドなのだ。

「あ、あのレオルド様。私はシンプルでいいと思いますわ」

唯一、シルヴィアだけがレオルドの心情を読み取り、心配そうに声を掛けるのであった。

さて、レオルドの心に深い傷が残ってしまったが四人はゼアトへと戻って来た。一先《ひとま》ず、レオルドは二人の新居を用意してやろうと意気込む。

「よし。まずはお前達《たち》の新居を用意しよう。立地条件など詳しい話をしようじゃないか」

「ええっ!? 悪いよ、レオルド様。オイラ達は王都と同じような集合住宅でいいよ」

「すまん。ゼアトには宿泊施設があっても集合住宅なんてないんだ」

「えっ？」

「驚くのも無理はないだろう。だが、ホントの事なんだ。ゼアトに集合住宅はない！」

「そんな……じゃあ、明日からの生活はどうすれば……」

「だから、新居を用意すると言っている。サーシャ。どのような物件に住みたいか希望を自分でデザインしてくれ。マルコは立地条件などの相談だ」

　急展開過ぎてついていけない二人を置いて、レオルドはどんどん話を進めていく。

「何を惚《ほう》けている。お前達はこれからゼアトに住むことになるんだ。家は大切だろう。生活の基盤となるのだから」

「それはそうだけど、オイラ達お金はあんまり……」

「支払いはいらん。気が済まないのなら働いて返せ」

「えっ……働くのは当たり前だけど、返さなくていいのか？」

「恐らく、お前がこれから俺と一緒に働けば莫大《ばくだい》な利益が生まれるだろう。だから、この程度は問題ないさ」

「まだ成功するって決まったわけじゃないのに……」

「そうだな。失敗するかもしれん。でも、俺は必ず成功すると信じている。いいや、必ず成功させる」

「お……おお……！　信じる！　オイラ、レオルド様を信じるよ！」

レオルドは従順なる下僕となる信者を見事に生み出した。これがカリスマの力なのだろうか。

「とりあえずは俺の屋敷に来て相談だな。マルコ、サーシャついてこい」

「おう！」

「は、ははいっ！」

そして、二人に聞き取られないようにレオルドはシルヴィアにも声を掛けて屋敷へと向かう。

レオルドは三人を屋敷の中へと通して応接室に向かった。まずは、先程もレオルドが説明したように二人の新居を作らねばならない。

なので、レオルドはサーシャに間取り図や外観をデザインして貰う。

特殊な道具を用いて時間が掛かる作業なのでレオルドは先にシルヴィアとマルコを引き連れて、どの辺りに家を建てたいかを検討する。

「う～ん、オイラとしては作業する為《ため》に人様の迷惑にならない場所がいいな」

「それは工房の話だろう。今は、お前が住む為の新居だ。利便性などをよく考えろ」

「えっ……！　う～ん……難しいなぁ」

いきなり新居と言われても難しいだろう。元々、マルコは集合住宅に部屋を借りていたが基本は工房で寝泊まりする事が多かったというのだ。むしろ、部屋でよく生活をしていたサーシャにこそ聞くべきだろう。

ただ、サーシャの場合はレオルドと上手《うま》く話せないので難航するのは間違いない。それにサーシャは今デザインを作っているので、土地選びを決めるのはマルコしかいないだろう。

「う～ん……」

悩んでいるマルコにレオルドは助言をする。

「マルコ。難しく考えなくていい。ここがいいと思う場所を選べばいいんだ。ただし、誰も使ってない土地に限るけどな」

「でも、やっぱり悪いような……」

「はあ～……」

これはしばらく時間が掛かりそうだと頭を抱えるレオルド。

その頃、屋敷の方でサーシャは二人の新居になる家のデザインを描いていた。心なしか、いつもより捗《はかど》っているように見える。

「エヘッ……エヘヘッ……」

妄想の世界に浸っているようだ。どうやら、二人の新居というワードにサーシャは心ときめいていたらしい。そのおかげで作業が捗っているのだからよしとしよう。

すると、その時応接室の扉が開かれる。入ってきたのはサーシャと会わせてはいけない人物ナンバーワンかもしれないシャルロットである。

「レオルド～。帰ってきたんでしょ～！」

「ひゃっ……！　えっ……だ、誰？」

「ん～？　そういう貴方《あなた》の方こそどちら様？」

「あ、えっと……わ、私は……」

緊張して上手く喋《しゃべ》れないサーシャにシャルロットはグイグイと近づいていく。至近距離にまで詰められてサーシャは身体《からだ》を仰《の》け反らせるように離れる。だが、彼女はそれを許さない。

「ねえ、ちゃんとこっち見て」

「ひぇ……ひゃ、はい」

顔を合わせる二人はしばらくお互いの顔を見詰めあったまま動かない。

「貴方、名前は？」

「サ、サーシャ……です」

「そう。サーシャ。うん、サーシャ！」

「は、はひ……」

「貴方可愛《かわい》い顔してるんだから、髪で顔を隠すなんて勿体《もったい》ないわ！　女の子ならオシャレしなきゃね！」

「えっ、えっ、あの……えっ？」

混乱しているサーシャを無理矢理連行してシャルロットは応接室を出ていく。どのような事をさせるのかは容易に想像出来る。

果たして、サーシャは無事に生還出来るのだろうか。それは土地を検討しに行った三人が帰ってくるまで分からないだろう。


外にいたレオルドとシルヴィアとマルコは土地選びが終わり、屋敷へと帰宅している最中だった。

「しまったな。シャルが屋敷にいた事を忘れてた」

「それは大丈夫なのですか？」

「大丈夫だと信じたいですが……」

オーバーラップ文庫&ノベルス
NEW
文庫注目作
最強騎士（の貞操）は
狙われて
いる——
貞操逆転世界の童貞辺境領主騎士1
著：道造　イラスト：めろん22
ハズレ適性の魔術で
故郷の危機に
最強の援軍を！
お気楽領主の楽しい領地防衛3
～生産系魔術で名もなき村を最強の城塞都市に～
著：赤池 宗　イラスト：転
ノベルス注目作
2208 B/N

シルヴィアに問われて不安そうに呟《つぶや》くレオルドへマルコが話しかける。

「シャルって誰だ？　レオルド様の友人か？」

「まあ、そんなもんだ。ただ、やたら構ってちゃんだからめんどくさい面もある」

「へぇ〜。悪い人ではないんだろ？」

「ああ。悪いやつではないが……サーシャが心配だな」

「えっ！　なんでだ!?」

「シャルの性格上サーシャに何かするのは間違いないからな。伝え忘れていた俺も悪いが、早く戻るぞ」

「ああ！　サーシャが危ない！」

「いや、危なくはないのだが……」

急いで戻るマルコはレオルドとシルヴィアを置いて駆けていく。その後を追い掛けるレオルドは多分大丈夫だろうと呑気《のんき》に考えていた。

魔王シャルロットに囚《とら》われた姫君サーシャを救うべく、勇者マルコと荷物持ちレオルドとシルヴィアの新たなる伝説が幕を開ける、なんて言うことはなく三人は屋敷へと帰ってきた。

マルコは急ぎたかったがレオルドの屋敷なので走る事は出来ないから早足で応接室へと向かった。

ンだけ。

そこにサーシャの姿はなかった。あったのは、途中まで描かれている二人の家のデザイ
「サーシャッ！」

「そ、そんな……サーシャ！」

悲嘆に暮れているマルコだが、別にサーシャは本当に攫《さら》われた訳ではない。単にシャル
ロットがオシャレを教えているだけ。

しかし、二人がそんな事を知るはずもない。なので、マルコはサーシャが連れ去られて
しまったと勘違いしていた。

「マルコ。別にサーシャが危ない目に遭っているわけではないぞ？」

「え？　でも、サーシャはいないんだぞ！」

「いや、多分だが――」

レオルドが喋っている途中に応接室の扉が勢い良く開かれる。振り返った三人の先にい
たのはシャルロットである。

「シャルか。もう少し、静かに入って来れないのか」

「ごめ～ん。あっ、そんな事より見せたい子がいるのよ～」

「見せたい子？　お前、まさかここにいた女の子を連れてったのか？」

「そうよ～。可愛い顔してるのに、オシャレの一つもしてないからちょっ～と魔法をかけ

てあげたの」

「洗脳したのか!?」

「女の子が魔法って言ったらお化粧でしょ！」

「女の子？」

「レ、レオルド様。それは流石《さすが》に失礼ですわ」

はて、と首を傾《かし》げるレオルドに魔法が放たれる。しかし、魔法はレオルドの目の前で見えない壁にぶつかったように消し飛んだ。

「何よ、それ！　もしかして、私と同じ？」

「ふっ……」

「着々と腕を上げてるわね！」

不敵に笑うレオルドと悔しそうなシャルロットと置いてけぼりのマルコ。二人のじゃれ合いが終わると、シャルロットが扉の外に隠れているサーシャを引っ張ってきた。

「ほら～、隠れてないで見せてあげなさいよ」

「やっ……！　あの……わ、私は……」

シャルロットが引っ張ってきたのはサーシャなのだろう。ただ、見た目は大きく変わっている。ボサボサだった髪はストレートに伸ばされており、隠れていた目元はカチューシャによって見えるようになっていた。

元々、顔が良いと言うのは本当だった。大きな瞳の下に一つある泣きぼくろは、大人の魅力を感じさせている。

「ほう……」

「まあ……」

思わずレオルドとシルヴィアも感心したように息を吐《つ》いてしまった。そして、何の反応も見せないマルコに顔を向けてみると固まっていた。

恐らく、サーシャの化粧した姿を初めて見たから驚いて固まっているのだろう。

「綺麗《きれい》だ……」

素晴らしい。何一つ無駄に取り繕わない褒め言葉だ。心の底から思っているからこそ、出てくる純粋な気持ちだと言うことがよく分かる。

「あっ……え……！」

マルコの一言にサーシャは顔を真っ赤にして照れてしまう。今までマルコが褒めた事はなかった。容姿についてマルコが何かを言う事はなかったのだ。

そんなマルコがたった一言だが、サーシャの容姿を見て褒めたのだ。サーシャからすればそれは最上の喜びであっただろう。

「凄《すご》い綺麗だよ、サーシャ。うん。オイラびっくりした。これなら街の人達《たち》は放っておかないよ」

「わ……わた……私は……マルコだけに見てて貰《もら》えれば……それで……」

甘い空間が支配する。このままではレオルドとシルヴィアとシャルロットの三人は弾《はじ》き飛ばされてしまうだろう。

だからと言って邪魔をするわけにもいかない。昔からよく言うだろう。人の恋路を邪魔する奴《やつ》は馬に蹴られて死ね、と。

静かにこっそりと三人は応接室を出て行った。三人は屋敷の外へと出て中庭で体育座りをする。

「青春だなぁ……」

「青春ねぇ……」

「青春ですねぇ……」

シャルロットが青春と言うのは無理があるかもしれないが、レオルドはまだ十六歳の学生だった身だ。まだまだ、青春を謳歌《おうか》出来る年齢である。

「どれくらいしたら戻れると思う？」

「う～ん。流石に最後まではいかないと思うから、三十分くらいでいいんじゃない？　ところで、どうしてシルヴィアがここに？」

「今更か……」

「お久しぶりです。シャルロット様」

「久しぶり～、シルヴィア。その恰好《かっこう》よく似合ってるわ」

「ありがとうございます」

「それにしても戻るには三十分もいるんだなぁ……」

　そんなにいるとは思わないが念のためであろう。シャルロットの言う通り最後まで事を進める気はないはずだ。

　三人が退場した応接室ではマルコとサーシャが困ったように笑いあっていた。

「ははっ、ははは。レオルド様とえっと……」

「シャルロットさんだよ……」

「シャルロットさんか。えっと、サーシャはシャルロットさんにその化粧をしてもらったのか？」

「う、うん……似合わないよね？」

「そんな事ないよ！　オイラがさっき言ったのは本当の事だから！」

「えぅ……エヘッ……あ、ありがと」

「うっ……」

「ど、どうしたの？　やっぱり、私がき、気持ち悪い？」

「違うっ！　その……本当に可愛くて……それでちょっと……オイラ今更恥ずかしくなってきたんだ」

「えぇっ？　な、なんで？」

「だ、だって……オイラずっとこんな可愛い人と一緒に住んでたんだって……」

「あっ、あうぅ……」

初心《うぶ》な二人である。ここにレオルドとシャルロットがいたらチンパンジーか、もしくは小学生のように盛り上がっていただろう。出て行って大正解だ。

三人が戻ってくるまでの間、二人は見詰め合う事はあったが終始無言であった。

他愛もない会話をしていた三人は三十分ほど外に出ていたが、そろそろ頃合いだろうと戻って来た。すると、そこには初々しい二人が待っていた。

その光景を見た三人は、恥ずかしそうに俯《うつむ》いている二人に聞こえないよう小さい声で話す。

「くっついたのか？」

「いいえ。アレは多分ようやく意識し始めたってところね」

「そうですね。ずっと同棲《どうせい》していた相手が素敵な人だったと理解したのでしょう」

「よく分かるな」

「貴方《あなた》とは見る目が違うのよ」

「年の功というやつだな」

小さく笑うレオルドにすかさずシャルロットは魔法を叩《たた》き込むが全て防がれる。

「ふっ……。運命に抗《あらが》うんだ。お前にいつまでも負ける訳にはいかんさ」

「む〜、腹立つわね」

「あの、レオルド様。運命に抗うとは？」

「言葉の綾《あや》ですよ、殿下」

無駄な所で力を発揮するレオルドに頬を膨らませるシャルロットと可愛らしく首を傾げているシルヴィアを見ていたマルコとサーシャは同じ事を思っていた。

(（仲良いなぁ）)

イチャついている様にしか見えなかった三人が、ソファーに座って話は進んでいく。

「さて、色々とあったがサーシャよ。家のデザインはどうなった？」

「あっ……それは……」

机の上に途中まで描かれているデザインがある。サーシャはそれに目を落としながら、どう答えようかと悩んでいるようだ。

「ふむ。あとどれくらいで完成なんだ？」

「えっと……三日、いえ、一日もいただければ……出来る……と思います」

「そうか。なら、頼む。作業の邪魔になりそうな俺達は出て行くから終わったら呼びに来てくれ。俺の居場所は部屋の外にいるメイドに聞くように」

それだけ伝えるとレオルドはシャルロットとシルヴィアを引き連れて応接室を後にする。

マルコを残したのは、サーシャがデザインしているのはこれから二人が住む家なのだ。

だから、マルコの意見も少しは欲しいだろうという配慮である。

応接室を出たレオルドはシルヴィアとシャルロットを引き連れて執務室へと向かった。

レオルドは残っている仕事を片付けたいのだが、シルヴィアをどうしようかと考えていた。

（う～ん。暇になったから今の内に一旦殿下を王城まで送るか）

やる事もなくなったのでレオルドはシルヴィアを王城へ送ることを決めた。

「殿下。サーシャの仕事が終わるまで何もありませんので一度王城へ戻られた方がよろしいかと」

「別にいいじゃない。シルヴィアがいても」

「お前は黙っとけ。殿下、よろしいですか？」

「私としてはシャルロット様の言う通り、まだレオルド様のお傍《そば》にいたいのですが……」

（くッ、可愛い！　だが、流石に何の報告もなしにシルヴィアをゼアトに滞在させるのは不味《まず》い）

やはり、王城へ送り返すのが正解だろうとレオルドはシルヴィアを説得する。

「流石に無許可で殿下をゼアトに滞在させるわけにはいきません。一度、陛下へご報告に参りましょう」

「許可が下りればいてもよろしいのですか？」

「それは勿論《もちろん》です」

「ダメって言っても大丈夫よ！　私が反対する奴等《ら》をぶっ飛ばしてあげるわ！」

「止《や》めんか！　アホ！」

「ウフフ、その時はお願いしますね」

「まっかせなさ〜い！」

「ちょ、殿下。彼女をあまり調子に乗らせないでください。本当に実行してしまいますよ」

「何よ、本人から許可貰ったんだからいいじゃない。少しくらいお城を壊しても文句は言われないはずよ」

「そうだが、俺の胃がもたん。陛下に小言を言われるのは確実だ」

「その時はその時よ」

「ふざけるな、このアマ！　俺の心の平穏を守るために排除してやる！」

怒ったレオルドはシャルロットに飛び掛かってヘッドロックを決める。

「きゃあッ！　痛い、痛いってば！」

「これに懲りたら変なことはするんじゃない！」

「わかった！　わかったから離して！」

反省したかどうかは分からないが、ひとまずシャルロットが分かったようなのでレオルドは言われた通り彼女を解放した。

それを近くで見ていたシルヴィアは二人の関係が羨ましく、また同時に嫉妬していた。

（レオルド様とシャルロット様は本当に仲がよろしいですわね……）

シルヴィアが嫉妬している横でレオルドはシャルロットから不意打ちを受けて痺《しび》れていた。

「あばばばばッ！」

「アハハハハッ！　お返しよ！　いい気味ね！」

「フフフ、シャルロット様。あまりレオルド様を虐《いじ》めてはなりませんよ」

「まあ、そうね。これくらいで勘弁してあげる」

パタリと倒れるレオルド。その後、シルヴィアの献身によって復活を果たし、彼女を王城まで送り届けるのであった。

転移魔法で何度も王都とゼアトを往復したレオルドはサーシャの作業が終わるまで溜《た》まっていた書類を片付けていく。

すると、そこへ暇そうにしていたシャルロットがレオルドへちょっかいをかける。

「少しは構いなさいよ〜。最近、レオルドってばずっと忙しそうにしてて中々遊んでくれないじゃない！」

「仕方がないだろう。俺は本当に忙しいんだから」

「だからって働きすぎよ。屋敷で一番働いてるじゃない。鍛錬も欠かさずによく倒れないわね」

「頑丈だからな。この程度ならどうということはない」

「でも、少しは休憩しなさいよ？」

「なら、少し手伝ってくれ」

「いや！」

大体いつもこれだ。それらしいことをシャルロットは並べるが結局は意味がない。レオルドもそれが分かっているが相手をしなければしないで面倒になるので半ば諦めている。

「ところで、レオルド」

「なんだ？」

「貴方ってあの二人の為《ため》に家を建ててるみたいだけど、魔法で建てる気？」

「それ以外ないだろ。大工でも雇う気か？」

「いいえ〜。ただ、大変よ？」

「なに？　どういう意味だ？」

「言葉通りよ。恐らく土魔法で家を建てるんでしょうけど、とんでもなく重労働よ。それこそ、転移魔法陣の施設にした円柱なんかより、よっぽどね」

「なんだと……？　魔力をとんでもなく使うからか？」

「それもだけど、細かい作業が多くなってくるのよ。細部にまで拘《こだわ》るんだから、一日や二日じゃ終わるわけないわ。普通の場合はね、土魔法の使い手が数人で手分けして行う作業なの」

「そうなのか……」

「ただ、貴方は魔力共有をゼアトの住民としてるから尋常じゃない魔力を使えるけど、頭の方はどうかしらね？」

「……デザイン通りに魔法を使えば良いだけだろう。難しいことではない」

「そうね。その通りなんだけど、それが案外難しかったりするのよ。だって、デザインは絵であって形じゃないもの。絵を立体的に作る作業ってレオルドが思ってる以上に精神をすり減らすわよ～」

　脅しのような事を言うシャルロットにレオルドは顔を顰《しか》める。彼女の言葉が本当なら、自分はこれからとんでもない目にあうのではと危機感を抱くレオルドであった。


　それから一日ほど経過した時、書類仕事が片付いたレオルドの元に使用人がマルコを連れてやってくる。どうやらサーシャの作業が完了したらしい。

レオルドとマルコとシャルロットの三人は応接室にいるサーシャの元へと向かう。応接室に着くと、机の上に広がっているデザイン用紙をサーシャはレオルドに渡した。

それを受け取ったレオルドはサーシャが描いたデザインを見ていく。その横から覗《のぞ》き込むようにシャルロットもデザインを見る。

「へぇ～。いいんじゃない？」

「ああ。二人で住むなら十分だと思う。機能性もそうだが、やはり内装がいいな。よくここまで描けたものだ」

褒められたサーシャは顔を赤くして俯いてしまう。マルコがサーシャの肩を叩いて笑みを見せる。サーシャはマルコの笑顔を見て嬉《うれ》しそうに何度も頷《うなず》いた。

これで、あとは造るだけである。問題はシャルロットが言っていた事だろう。レオルドは少し不安を抱きながら、マルコ、サーシャ、シャルロットの三人を引き連れて家を建てる場所へと向かった。

四人が辿《たど》り着いた場所はレオルドの屋敷からそう遠く離れておらず、周囲には何もない。空き地になっているので、ちょうど良かったのだ。

さて、これからレオルドはサーシャのデザインの下《もと》作業を行っていくことになる。まずは基礎工事からだろうが、そこは魔法でどうとでもなる。流石《さすが》は奇跡の所業、魔法である。面倒な作業も手間が省けて大助かりだ。

では、次にメインとなる外観作りだ。レオルドはサーシャが画《えが》いた通りのデザインを作っていく。サーシャが上下左右の全ての方向からのデザインを描いてくれているおかげで作業は捗《はかど》った。

しかし、順調に思えた作業もサーシャからの細かい注文により負担が大きくなっていく。

「す、すいません……こ、ここはこうして貰《もら》えると……」

「ああ、分かった」

「あの、そこはそうじゃなくてこうして……」

「む、そうか」

「えっと……あそこの部分はもっと——」

途中からレオルドの顔から表情が消え去った。無心でサーシャの指示通りに作る機械《マシン》と化していた。その様子にシャルロットは大爆笑である。

「アハハハハハハッ！　ひぃ～、ダメ。お腹《なか》痛い！」

「ご、ごめんなさい。領主様であるレオルド様に……私つい甘えてしまって……」

「気にするな。確かに立場上俺の方が上ではあるが、今この場ではお前が監督だ。俺を上《う》手《ま》く使って理想の家を手に入れろ」

「で、でも……」

流石にサーシャにはそれほどの度胸がない。レオルドがいくらこき使っていいと言っても、相手は領主であり伯爵だ。平民のサーシャからすれば雲の上の存在。

　助けを求めるようにサーシャはマルコへと顔を向けると、彼はサーシャを力強く説得した。

「レオルド様がそう言ってるんだから、サーシャ。遠慮なくやっていいんだ」

「い、いいのかな？」

「うん。そうだろ、レオルド様？」

「ああ。ただし、後で一つ頼みたい事があるから、それは覚えておいてくれ」

「オイラにか？」

「いいや、サーシャにだ。この話は終わった後に話そう」

　会話を挟みながらもレオルドは作業を続けていく。ただ、何度もダメ出しをされては修正をしている。ストレスでレオルドの頭皮が不味いかもしれない。流石に父親《ベルーガ》は禿《は》げている様子がないのでレオルドも遺伝していれば問題ないだろう。

　ここまで時間が掛かってしまったが、やっと外観が完成した。まだ外観だけと知ってレオルドは膝から崩れ落ちそうになった。

「ねえ～レオルド。何人かで手分けしてする作業だって、ようやく理解できた？　魔力が沢山あっても出来る事は限りがあるの。だから、沢山の人手が必要なのよ」

「……なら、手伝ってくれるのか？」

「さあね～」

（ああ、この感じはお願いすれば手伝ってくれるやつだ。あとで、何か要求されるかもしれないけど、ここは素直にお願いしよう）

頭の後ろに両手を組んでそっぽを向くシャルロットはチラチラとレオルドを見ていた。

「すまん。手伝ってくれ」

「ん～、どうしようかな～？」

あと少しといったところだろう。シャルロットがお願いを聞いてくれるまで。

「頼むよ……」

詫《わ》びるように頭を下げるレオルドにシャルロットは悪戯《いたずら》が成功したかのように笑い、家作りを手伝う事を了承する。

「んっふふふ～。そこまで言うなら仕方ないわね～。私に任せなさ～い！」

自慢の胸を揺らすように見せ付けるシャルロットは自信満々に笑っている。その姿を見たレオルドはどこまでその自信が続くのか楽しみになっていた。

外観工事が終わり、次は内装工事に入る。レオルドとシャルロットの二人掛かりで作業が進んでいく。

レオルドから許可を貰ったサーシャは、相手が世界最強の魔法使いであるシャルロットであろうとも引くことなく意見を述べる。

「あ、あの……そこ間違ってます」

「ええっ!?　どこどこ？」

「こ、ここです……」

シャルロットが担当していた箇所の間違いを指摘するサーシャは恐る恐るといった様子ではあるが、しっかりと間違っている箇所を教えてあげた。

「これ？」

「は、はい……」

（え～！　すっごい細かい部分なんだけど！　別にちょっとくらいはいいんじゃないかしら？）

修正をして欲しいと頼まれてもシャルロットが作った箇所はデザインと大した差はない。だから、シャルロットは妥協させるべきだろうと反論する。

「ねえ？　これくらいなら修正する必要はないんじゃないかしら～？」

「だ、ダメです……」

「ど、どうして？」

「均等に取れているバランスが崩れちゃうから……」

「ええ～。でも、そこまでじゃないような気がするんだけど？」

「おい、シャル。俺達《たち》は黙って言う事を聞いてればいいんだよ。お前の意見なんて誰も聞いちゃいないんだから」

「ちょっと、それどういうことよ～！」

「あ、あの！　直してもらえませんか？」

「うっ！　もう！　直すわよ。直せばいいんでしょ～！」

泣き言を言うようにシャルロットは作業を再開していく。こんなことになるなら、安易に引き受けなければ良かったと後悔しているシャルロットを見ながらレオルドは笑った。

「その……レオルド様も間違ってます」

「……」

「アハハハハハッ！　人のこと笑えないわよね～」

悔しそうに歯軋《はぎし》りするレオルドをシャルロットが高笑いをして見下す。二人は口喧嘩《くちげんか》をしながらも作業を続けていった。

やっと、マルコとサーシャが住む家の内装工事が終わる。くたびれたレオルドとシャルロットはお互いの背中を預けるように座り込む。

「ゼエ……ハア……ゼエ……ハア……」

「と、当分働きたくないわ～……」

疲れ果てている二人とは正反対にマルコとサーシャは、完成した自分達の家を見て感動していた。

「ここがオイラ達の家……」

「うん……二人だけの家だよ……エヘッ……！」

甘美な響きである。自分たちの家、二人だけの家。ここから、新しく始まるのだ。新天地で二人の新しい生活が。その基盤となる家が完成したのだ。

「喜んでいる所悪いんだが、まだ完成したわけじゃないぞ」

「え？　でも、サーシャのデザイン通りの家が出来てるけど……」

「形はな。これから家財道具を運ばなきゃ真に完成とは言えないだろう」

「あ、そっか。オイラ、忘れてたよ」

どうやら、自分達の家が完成したのを見て、家財道具のことをすっかり忘れていたようだ。うっかりしていたと惚《とぼ》けるように笑うマルコを見てレオルドはやれやれといった感じで肩を竦《すく》めるのだった。

さて、これから家財道具などを運び込むのだが、何一つない。もう一度言う。家財道具は一切ない。

「オイラ、服とか仕事道具だけで家財道具は持って来てないよ」

「わ、私もです……」

「おう……」

「どうするのよ、レオルド～？　まさか作る気？　言っとくけど、土属性じゃ限界があるわよ」

「そんな事はわかってる。どうしたもんか……」

「材料さえあればオイラは自分で作るぞ。道具もあるから、椅子や机やベッドなら作れる」

「材料か……木材がいいよな？」

「まあ、うん。普通に作るなら木材だな」

「石じゃだめだよな……」

「貴方《あなた》ね～、玉座でも作る気～？」

流石に魔法で木材を生み出す事は出来ないレオルドは一旦保留にすることにした。土魔法では限界があるのでレオルドは木材を調達する事にした。

しかし、今は先に片付けておきたい案件があるのでレオルドはそちらを優先する事にする。

「すまない。木材はあとで調達してくるから、先にサーシャにお願いがあるんだ」

「ははは、はい！」

「そう緊張するな。実は部下が結婚するんだが、結婚式を挙げてやりたいんだ。そこで、結婚式場をデザインしてもらいたい」

「結婚式場ですか……？」

「ああ。頼めるか？」

「……えっと……結婚式場ってなんですか？」

ここでレオルドは常識が違う事を思い出す。手で顔を覆い隠して上を向くレオルドにマルコもサーシャも不思議そうに顔を見合わせるのだった。

「マ、マルコは知ってる？」

「いいや。初めて聞いたよ」

お互いに初めて聞く単語に首を傾《かし》げる。それでも、レオルドが言うのだから何か意味があるのだろうと二人はレオルドに視線を戻した。

一方でレオルドはどのように説明すれば、分かって貰えるのだろうかと考えていた。そのままの意味で伝わるかどうかは不安だったが、レオルドは説明をすることにした。

「結婚式場というのはだな。夫婦の晴れ舞台みたいなものだ。作りは教会に近いが、夫婦を祝福するかのように豪華な装飾が施されていることが多い」

「……そ、その教会とは違うんですか？」

「……違うんだ。説明がほんとに難しいんだが、教会とは別物と言っていい」

出来る事ならば絵を描いて説明したいだろう。だが、レオルドには悲しい事に絵の才能がない。芸術的センスはないのだ。こればっかりは難しいがサーシャに頑張って理解してもらうしかない。

「難しく考えすぎなのよ」

「じゃあ、どう説明すればいいんだ！」

「ふふんっ！　私に任せなさいって！」

なにやら自信満々の笑みを浮かべるシャルロットにレオルドは不審に思いながらも任せる事にしてみた。

後を任されたシャルロットはサーシャを引っ張って行き、レオルドとマルコから離れた場所でサーシャの耳元に口を近づける。

「サーシャ。想像して御覧なさい。マルコと結婚する時、どんな場所がいいかを」

「えっ！　えっ……エヘヘ～」

流石《さすが》の手腕と褒めるべきかどうか迷う所だが、的確な助言である事は確かである。サーシャも乙女なのだから、廃れた教会よりは王城のような場所が良いに決まっている。

もう説明する必要はないだろう。後はサーシャが自分の、または女性にとっての理想を作り上げる事だろう。

ようやく、二人が置いてけぼりな男二人の所へ戻る。ただ、サーシャの表情が少しだらしない事に気がついた二人。レオルドはシャルロットが何を吹き込んだか知りたくなった。

「サーシャになんて言ったんだ？」

「秘密よ。でも、期待していいわ。きっと、素晴らしい結婚式場が出来るはずよ」

「そこまで言うなら、期待して待っておこう」

やる気に満ち溢《あふ》れているサーシャは完成した家の中へと駆け込んでいった。残されてしまった三人は、一先《ひとま》ず家財道具を作る為《ため》の木材を調達しに行くことにした。

マルコがサーシャに出かけてくることを伝えてから、三人は木材を調達する為に森の方へと足を進めた。

レオルドとシャルロットという強者がいるおかげで魔物に襲われる事もなく、無事に木材を手に入れることに成功した。

あとは加工して家財道具を作るだけである。

木材を調達したレオルド達はシャルロットが所有している魔法の袋に木材を入れてゼアトへと持ち帰る。

ゼアトにも木工職人はいる。ゼアトは交易の町ではないが、国境に近い為に帝国や王国の商人が利用する事が多い。ただし、お金を落とすのは宿泊施設ばかりである。おかげで、宿泊施設をより良くするために家具工房はそこそこ整っている。

そういうわけでレオルド達は木工職人がいる家具工房へと向かった。

「オイラも馬車を作ってたから、ある程度なら作れるぞ？」

「だが、その道のプロではないだろ？」

「そりゃ、本職の人間には負けるよ」

「なら、頼めばいい。金の事は気にするな」

「オイラ、沢山頑張ってレオルド様にこの恩を必ず返すよ！」

「ああ。そうしてくれ」

そんな事を話している内に家具工房へと辿《たど》り着いた。三人が中へ入ると、椅子や机が売られている。奥へと進んでいくと店員らしき人物がカウンターの奥に座っており、三人を見た店員は挨拶をする。

「これはどうも、領主様。本日はどのようなご用件で？」

「ああ。こいつの家具を作ってやりたいんだが、今空いてるか？」

「今の時期は特に大きな仕事がありませんから大丈夫ですよ。修理などの依頼はありますけど、手が空いてる職人はいますので」

「そうか。ならば、マルコ。お前が必要なものを注文するんだ」

「ええっ！　オイラが？」

「お前の家で使う家具なんだから当たり前だろう」

「わ、わかったよ、レオルド様」

戸惑いながらもマルコは店員に欲しい物を注文していく。その間、レオルドとシャルロットは暇になったので店内を見て回る事にした。

これといって欲しいものはないが、見て回るだけでも十分に楽しむ二人。一通り見て回ると、丁度マルコと店員の話は終わっていたようでマルコがレオルドを手招きしている。

「終わったか？」

「終わったけど。その……金額が……」

申し訳なさそうに顔を伏せるマルコを見て、レオルドは金額を確かめるべく店員と話す。

「支払いはどれくらいだ？」

「ざっとこんなところです」

軽く三桁はいっていた。確かにこれはマルコにとっては超高額だろう。それをレオルドが支払うからと言って本当に払わせていいのかと遠慮しているに違いない。レオルドはその事が分かると、マルコの肩を叩《たた》き安心させる。

「大丈夫だ、マルコ。この程度、俺からすれば大した額じゃない」

「で、でもオイラが何ヶ月も働いてやっと買える様な値段だよ……！　それは流石にレオルド様には悪い気が――」

「心配するな。何度も言ったが俺とお前がいればこの程度の金なんて寝てても入ってくるようになるんだ。だから、安心しろ」

「レ、レオルド様……ありがとうございます」

涙ぐんで頭を下げるマルコにレオルドは照れくさそうに頬をかく。本当にこれくらいならば大した問題はないからだ。マルコが設計した車が実現すれば必ず儲《もう》かるのは間違いない。

だが、マルコにはまだそれがわからないので、レオルドに対して申し訳なく感じるのは仕方ないことであろう。

「ところで資材の持ち込みは可能か？」

「資材ですか？　どこにあります？　表にでもあるんですか？」

「いや、表にはない。だが、持っているのは確かだから広い場所はないか？」

「でしたら、うちが使っている倉庫がありますのでそちらへ移動しましょう」

店員に案内されてレオルド達《たち》は倉庫へと向かう。木材が大量に保管されている倉庫へと来たレオルドはシャルロットを呼び、魔法の袋に入れていた木材を取り出す。

「これは……なんともまあ、便利なものですね」

「他言しても構わんぞ。こいつは俺より強いからな。襲われても問題はない」

そう言ってレオルドはニコニコと手を振っているシャルロットを指差して笑った。それを聞いた店員は、彼女は本当に強いのだろうかと疑いの目を向けたが、レオルドが嘘《うそ》を吐《つ》いているようにも見えないので信じることにした。

「ハハハ、商人にとっては信用が大事ですから。他言などしませんよ」

「そうか。俺としては襲われるシャルを見てみたかったがな」

「ちょっと～、か弱い乙女をなんだと思ってるのよ！」

「お前がか弱い乙女なら、この世界の人間は蟻《あり》以下のような存在だぞ」

「ははは。大変仲がよろしいのですね」

「どこをどう見てそう言えるのよ～」

「まあ、俺とシャルの仲は一言では言い表せんからな」

秘密を共有しており、師弟のような関係で、友人のような気軽さの二人だ。確かに、言葉にして表すのは難しいかもしれない。

「それで、この木材はどれくらいで買い取ってくれる？」

「査定しますので少々お待ちください」

店員は他の人間を呼んでから、レオルド達が持ってきた木材を査定していく。しばらく、その様子を見守る三人はどれくらいで売れるのだろうかと考えていた。

査定が終わり、レオルド達と話していた店員が三人に近づいた。

「査定が終わりました。これくらいでどうでしょうか？」

渡された紙にはそこそこの値段が記されていた。これならばとレオルドは交渉を始める。

「この買い取り金を先程の支払いから差し引いてくれないか？」

「いいですよ」

「やけにあっさりしてるな」

「領主様の頼みですし、うちとしても損をしているわけじゃありませんので」

「そうか。そう言ってくれると有り難い」

「家具の方はいくつかありますけど、どうしますか？　持って帰られます？」

「あー、マルコ。どうする？」

「えっ？　出来るなら持って帰れる分は持って帰りたいな」

「わかった。すまないが、用意できる分を頼む」

「畏《かしこ》まりました」

そう言って店員が在庫にある椅子や机を運んできた。レオルドはそれらをシャルロットの魔法の袋に入れて帰る事とした。

「またのご来店をお待ちしております」

「では、残りを頼んだぞ」

家具工房からレオルド達は待っているであろうサーシャの元へと帰るのであった。

二人の新居に帰ってきた三人は中へと入っていく。

「う～ん。やっぱり扉がないって不便じゃない？」

「仕方ないだろ。魔法では金具まで作れなかったんだから」

実はマルコとサーシャの家には扉がない。防犯機能が酷《ひど》すぎるのだが、これは仕方がない。レオルドの言うとおり、魔法では金具まで作れなかったのだ。

「錬金術でも覚えるか……」

運命《ゲーム》48にも存在していた錬金術。練成陣を用いて、金や銀を生み出すといったものだ。

「無理よ～！　貴方《あなた》が異世界の知識を使っても錬金術は不可能よ」

その通りである。運命48であったなら、錬金術師に素材を渡して別の素材にしてもらうといった簡単な作業であるが、ここは現実である。ゲームのように簡単にはいかない。

しかし、メインヒロインの中には錬金術師がいる。彼女を引き込む事が出来たのなら、話は変わってくる。

ただ、どこで会えるかと言えば学園である。レオルドは退学しているので会う事は出来ない。では、他の錬金術師を探せばいいとなるが、大体の錬金術師は誰かに雇われていたりする。

そして、残念な事にゼアトには錬金術師はいない。

「賢者の石くらいなら作れそうだが」

「それ、全ての錬金術師の悲願よ？　本気で言ってるわけ？」

「……」

レオルドが持つ真人《まこと》の記憶ではとある漫画で簡単に作っていたりするが、これ以上の話は禁忌《タブー》なので触れてはならない。

「すまん」

「別に怒らないけど、本人達には絶対しちゃいけない話だからね？」

素直に警告を聞き入れるレオルドは錬金術について忘れる事にする。

二人が錬金術の話をしている間にマルコはサーシャの元へと着いていた。

「ただいま、サーシャ」

「お、おか、おかえり……マルコ」

「レオルド様に頼まれてた結婚式場のデザインはどうなってる？」

「いまだ途中だけど……ある程度は……」

どうやら、レオルドに注文されていた結婚式場のデザインは進んでいるらしい。あとは、レオルドに見せるだけだが、果たしてどうなることやら。

話をしていた二人が遅れてサーシャの元へとやってくる。サーシャはまだ途中である結婚式場のデザインを持ってレオルドへと近づく。

「レ、レオルド様。こ、これ！」

「ああ、出来たんだな。ありがとう」

お礼を述べてからレオルドはデザイン用紙を受け取り、広げてじっくりと見詰める。その様子を見てサーシャは目をギュッと瞑《つぶ》っている。どのようなことを言われるか分からないからだ。

もしも、悪口を言われたらどうしようかとサーシャは怯《おび》えていた。

（ふむふむ、まだ途中だが大体の完成図は出来ているな。石造りで色鮮やかなガラスに幻想的な模様に椅子は教会と似たような長椅子だが、花を飾るのか……。ほうほう……これを作ろうとしたら相当な時間がいるな。ガラス職人を手配して、木工職人にも依頼を出して……うん！）

長い長い時間がサーシャに恐怖を与えた。新居の時と違ってレオルドが長考していたから、サーシャはきっとダメなんだと勝手に思い込んでしまっている。

だが、それは誤解である。

芸術的センスのないレオルドでもサーシャが描いた結婚式場のデザインは素晴らしいものだと思っている。ただ、建設予定などを考えているから、長い時間黙ってしまったのだ。

「サーシャ。君がゼアトに来てくれた事、本当に感謝する」

「へ……？」

「見ろ、シャル。これはお前でも凄《すご》いって言うデザインだぞ」

「どれどれ～」

レオルドから渡された用紙を広げて、じっくりとサーシャの考えたデザインを目にするシャルロットはそのデザインに驚きの声を上げる。

「ええ！　何これ！　凄いわ！　本当に！　教会が基なんでしょうけど、全然イメージが違うわ！　こんな素敵な場所で結婚できるなんて幸せものよ！　絶対これは作るべきだわ！」

「そうかそうか。なら、お前も手伝ってくれるよな」

「え？」

呆《ほう》けるシャルロットの両肩を摑《つか》み、レオルドは目を細める。

「い、いや……」

「逃がすか！」

逃げ出そうとするシャルロットを捕まえるレオルドは決して逃がすまいと羽交い締めにする。

「転移しても密着してるから逃げれんぞ！」

「嫌～っ！　離して、変態《レオルド》！」

「黙れ！　お前が手伝うと言うまでは離さんぞ！」

傍《はた》から見れば犯罪である。シャルロットを羽交い締めにして逃がさないようにするレオルドはどこから見ても性犯罪者にしか見えない。

「だって、今日だって凄く疲れたのに！　その結婚式場を作ろうとした日には私働きすぎて死んじゃうわ！」

「安心しろ！　俺達が作るのは外観までだ！　他はその手のプロを集めるから大丈夫だって！」

「本当？」

目を潤ませて背後にいるレオルドを見詰めるシャルロット。健気《けなげ》な目で見てくるシャルロットにレオルドは躊躇《ためら》いが生まれる。

（うっ……可愛《かわい》いな、ちくしょう！）

　年齢のことについては触れてはならないが、見た目は二十代前半のシャルロットである。整った顔をしているのだから、可愛いと思うのは仕方のないことだ。

「ああ、本当だ……」

「……なら、手伝ってもいいわ」

「誓えるか？」

「誓うわ」

「よし。じゃあ、よろしくな」

　そう言ってシャルロットを解放してレオルドはシャルロットに握手を求めた。

「言っておくけど、外観までだからね」

「それで十分だ」

　取り繕うことのない純粋な笑みを浮かべるレオルドにシャルロットは観念したように溜《ため》息《いき》を吐いた。

（はあ〜。ずるいわ〜。そんな顔されたら期待に応えたくなるじゃない、バカ……）

　明日から忙しくなるだろう。バルバロトとイザベルの為《ため》にレオルドは駆け回ることになる。それでも、レオルドは必ず成功させる為に努力を惜しむ事はしないのだった。

翌日からレオルドは走った。それはもう東から西へ、北から南へ忙しく走った。ゼアトでの仕事に加えて王都にガラス職人の手配などで東奔西走である。

それだけ忙しくなっても鍛錬は決して怠らない。運命に抗《あらが》うのだから一日たりとも無駄には出来ない。たとえ、どれだけ忙しかろうと強くなる努力は惜しむことはあってはならないのだ。

レオルドは休む暇もなく働き続けており、午前に結婚式場を建設する予定地の下見。午後は王都でガラス職人との打ち合わせ。

サーシャから受け取ったデザインを基にガラスの制作をお願いするレオルドはどれだけの時間が掛かるのかを聞いた。

「うーん、これだけの模様を描くと時間が掛かるなぁ」

「具体的にはどれくらいだ？」

「三日、いや、五日くれ。それだけあれば、いけると思うから」

「わかった。では、五日後に取りに来る。頼んだぞ」

「任せてくだせえ！」

　王都のガラス職人の元からレオルドは次の場所へと向かう。そこは服屋であった。ただの服ではなく貴族にドレスやコートを売っている店だ。レオルドはそこでウェディングドレスの制作依頼をするつもりだった。

「店主と話がしたい。時間はあるか？」

「失礼ですがお客様は？」

「レオルド・ハーヴェストだ。出来れば急いで欲しい」

　店員は客がレオルドだと分かると大慌てで店の奥へと消えて行く。すると、慌てたように店主らしき初老の女性が現れる。

「これはこれはレオルド様。本日はどのようなご用件でうちにいらっしゃったのでしょうか？」

「急ですまないが、作ってもらいたい服があるんだ」

「作ってもらいたい服？　はて、どのようなものでしょうか？」

「実は――」

　ウェディングドレスについてレオルドは説明をしていく。話を聞いている初老の女性は、最初こそ眉を顰《ひそ》めていたが話を聞き終わる頃にはレオルドの手を取り大絶賛であった。

「素晴らしい！　レオルド様！　きっと、結婚のイメージがさらに飛躍しますよ！　うちを選んで頂き、本当にありがとうございます！」

「礼はいい。出来そうか？」

「もちろんでございます！　ただ、オーダーメイドとなりますと着用する御方《おかた》を一度連れて来て貰《もら》いたいのです。採寸をしなければなりませんので」

「わかった。他には何かいるか？　金に糸目はつけないぞ」

「いえいえ！　もう十分でございますよ。これ以上は貰い過ぎてしまいます」

「そうか。ならば、後から夫婦となる二人を連れて来るから頼むぞ」

「お待ちしております！」

張り切っている店主に別れを告げてレオルドは王都を駆け回る。花屋に宝石店とレオルドは回っていく。

夕暮れになり、レオルドは一度ゼアトへと転移魔法で戻る。文官達《たち》が纏《まと》めていた書類を整理してから、レオルドは魔法の鍛錬を行ってから就寝した。


翌朝、目を覚ましたレオルドはギルバートとバルバロトとの三人で鍛錬に励む。ギルバートと組み手を行い、バルバロトと剣を交じり合わせる。

まだ、レオルドはギルバートから一本をとる事が出来ない。そして、剣術のみの勝負ではバルバロトにも勝てない。ただ、バルバロトとは魔法を使用した場合は勝率が三割を超えている。

しかし、まだ三割である。これは、バルバロトがレオルドに負けじと鍛錬を積んでいる成果だ。レオルドがゼアトに来た頃のバルバロトならば、勝負にはならなくなっていただろう。

「坊ちゃま。そろそろ、お時間です」

「もう……か……」

疲れ果てて地面に大の字に寝転がっているレオルドにギルバートは予定の時間が来ている事を教えた。起き上がるレオルドは汗を流すために風呂に入り、さっぱりした所で朝食をとる。

手早く朝食をとると、レオルドは現在建造中である結婚式場の工事現場へと向かう。そこには、安全メットを被《かぶ》ったサーシャと欠伸《あくび》をしているシャルロットにマルコと他作業員が揃《そろ》っていた。

「よし、では、本日の作業を開始するっ！」

号令の下《もと》に作業員達が動き出す。基本はレオルドとシャルロットの荒削りな造りで細かい部分を他作業員が進めていく。そこをサーシャが指示を出して補っていく形だ。

サーシャ監督の下、レオルドとシャルロットはひいひい言いながら作業を進めていった。

理想を追い求め、完璧を望むサーシャはとても厳しかったのだ。

そして、午前の工事が終わると休憩に入るのだがレオルドだけは別行動になる。

レオルドはバルバロトとイザベルを連れて転移魔法で王都へと向かう。王都へと着いた三人は服屋へと向かう。

レオルドが注文していたウェディングドレス製作のためにバルバロトとイザベルをデザイナー達に預ける。

困惑していた二人が質問しようにもレオルドは既に別の場所へと向かっていた。

ガラス職人のいる工房へと向かい、進捗を聞いてみると五日ではなく四日に変更となった。これならば、早く結婚式を開く事が出来るかもしれないと喜ぶレオルドだった。

あることを思い出したレオルドは服屋にいるバルバロトの元へと向かう。すると、そこには放置されているバルバロトがいた。どうやら、妻になるイザベルが奥の方で採寸されているようだ。男と女の違いだろう。

「バルバロト。丁度良かった。お前に聞きたいんだが、結婚指輪は用意してるのか？」

「え？　指輪なんてないですよ」

（まあ、予想通りだな。一応、準備しておいて良かった。バルバロトを連れて宝石店へ向かおう。問題はイザベルの指輪のサイズだが……後でバルバロトに測らせよう）

結婚したことはないレオルドだが、これは外してはならないだろうとバルバロトに結婚指輪のことを説明する。

「そんな事をするんですね……！　確かに指輪があればその人のものだと証明になったり出来ますね」

「理解したか？　ならば、指輪を用意しに行くぞ」

「えっ、今からですか!?」

「善は急げだ。行くぞ、バルバロト」

「ちょ、ちょっと待ってくださいよ、レオルド様！」

　バルバロトを連れてレオルドは宝石店へと向かう。余計なお節介ではあるが、レオルドはバルバロトには幸せになってもらいたいと心の底から思っていた。

　前にも言ったようにレオルドはゼアトに来て、初めて自分を認めて受け入れてくれたバルバロトに救われたのだ。

　だからこそ、バルバロトには幸せになってもらいたいとレオルドは色々とお節介を焼いているのであった。

　勿論《もちろん》、イザベルもだ。ただ、バルバロトほどではないとだけ言っておこう。


　随分と時間は掛かってしまったが、ようやく全ての準備が整った。バルバロトとイザベルの結婚式が遂《つい》に行われる事となった。

思えばレオルドが発案してから半月以上も過ぎていた。考えなしの行動ではあったが、辿《たど》り着く事が出来たのだ。

結婚式場もレオルドとシャルロットの汗と涙のおかげで無事に完成している。

後は、参加者である親族と友人の来訪を待つだけとなっている。

バルバロトの方はそこまで問題ないのだが、イザベルの方は少し問題が起こった。王家直属の諜報員《ちょうほういん》であるイザベルは天涯孤独の身らしく、親族がいないという。ただ、友人はいるようで式には参加するらしい。

そして、参加者の中にシルヴィアがいるのだ。

友人枠というわけではない。元上司という立場だ。どうやら、イザベルが報告したらしく、報告を聞いたシルヴィアは自分も是非参加したいという旨を伝えてきたので断るわけにもいかず、参加が決まった。

おかげで新郎のバルバロトは式当日でもないのにガチガチに緊張している。

「どうした、バルバロト？　独身最後の夜は、やっぱり寂しいのか？」

「違いますよ！　殿下が来るんですよ！　殿下が！　明日が本番だってのは分かりますけど、緊張するに決まってるじゃないですか！」

「話を聞いたときは俺も驚いた。まさか、殿下が参加するとは思わなかったからな。祝福の言葉だけと踏んでいたのだが、予想が外れてしまった」

「こんな大事《おおごと》になるなんて思いもしませんでしたよ」

「すまん。やっぱり、余計なお世話だったよな……」

「い、いえ！　そういう意味で言ったわけじゃないですよ。レオルド様には感謝してるんです。私は貴族の三男坊で家督を継げず、騎士となってそれなりの人生を送るものだと思っていたのに、このような素晴らしい催しを開いてもらえるなんて夢にも思わなかったのですから」

「そうか。その言葉を聞けて俺も頑張った甲斐《かい》があるというものだ」

独身最後の夜にバルバロトはレオルドと酒を酌み交わす。これから、先の人生は家族を優先する事が増えるだろう。もしかしたら、レオルドや友人と気兼ねなく酒を飲む機会も減るかもしれない。

そう考えると、バルバロトはやはり寂しいと思うのであった。


翌日、レオルドは早朝にギルバートとバルバロトの三人で鍛錬に励む。

「ふむ。今日ですな」

「ああ。今日だな」

「……吐きそうです」

当日の朝を迎えて、余計に緊張するバルバロトは吐き気を催している。ガチガチに緊張しているバルバロトをレオルドとギルバートは、緊張を解《ほぐ》すように場を和ませる。

「まあ、落ち着け。モンスターパニックの時に比べたら、結婚式など可愛《かわい》いものだぞ」

「そうですな。司会者として私も頑張りますので、バルバロト殿にも頑張っていただきたいものです」

「やはり、仲人を俺がやるべきか？」

「坊ちゃまは二人の馴《な》れ初《そ》めを知らないですから、私が務めましょう」

「からかうのはやめてくださいよ……」

「ははは。それより、大丈夫なんだろうな？」

「内容は頭に入ってますので大丈夫です」

「でしたら、問題ありませんな。最高の晴れ舞台としましょう」

鍛錬が終わり、バルバロトはいよいよ準備を進める。新郎に相応《ふさわ》しい純白のタキシードを身に纏い、式場の横に作られた建物で待機する。

続々と集まってくる親族と友人達を案内人を務めている使用人達が結婚式場へと案内していく。誰も彼もが結婚式場に入ると驚きの声を上げて感動に震えていた。

サーシャのデザインの下《もと》、レオルドとシャルロットの努力の結晶は参列者の心を見事摑《つか》む事に成功した。

全ての準備は整った。後は新郎新婦の入場を待つだけである。

「楽しみですね。レオルド様！」

レオルドと一緒にいたシェリアが楽しそうにはしゃいでいた。

（ここまで準備するの大変だったな～。二人が喜んでくれればいいんだけど……正直言ってやりすぎたし、余計なお世話だもんな……）

不安を抱いているレオルドを置いて結婚式が始まる。今回、レオルドが提案したのは真《ま》人《と》の記憶にある人前式であった。

宗教が絡むと面倒な事が起こりそうだったので、レオルドは人前式を提案したのだ。人前式ならば、自由に行えるので今後真似《まね》をする人が増えるかもしれないという思いもあった。

さて、司会役のギルバートが壇上に登り始まりの挨拶をしてから新郎新婦の入場となった。式場の真ん中を二人が歩いて来る。

無垢《むく》なる純白のタキシードを身に纏うバルバロトと穢《けが》れを知らない純白のウェディングドレスを身に纏い、ベールを被ったイザベルを見た参列者はあまりの美しさに息を呑《の》む。

「わ～。すっごい綺麗《きれい》……」

イザベルの花嫁姿を見たシェリアは感慨深い息を吐いていた。

やがて、二人が壇上へと登り、参列者へと振り返る。マイクを作る事が出来たらよかったのだが、流石《さすが》に無理だった。

だから、バルバロトは大きな声で永遠の誓いを宣言した。

「本日、お集まりいただいた皆様に感謝を。私は今日、この日を以《もっ》て、イザベルを妻に迎えます。生涯愛する事を誓い、死が二人を分《わか》つ時まで共に歩む事を誓います。どうか、皆様末永くお見守りください」

「夫となるバルバロトと同じ思いです。この先、どれだけの苦難があろうとも夫婦で乗り越えてみせます。だから、どうか皆様よろしくお願いします」

祝福の言葉が参列者席から溢《あふ》れ出る。中には感動したように立ち上がり拍手を送っている者もいる。二人は多くの祝福を受けながら、指輪の交換を行い、誓いのキスをした。

その後は式場を出てブーケトスが始まる。花嫁が持つ花束を投げるので、独身女性が集められる。ただ、どういう意味なのか良く分かっていないので司会役のギルバートが軽く説明すると、何故《なぜ》かやる気に満ち溢れる独身女性の姿が見られた。

見事にブーケトスを勝ち取ったのはイザベルの同僚であった。彼女にも幸せが訪れる事を願おう。

そして、次は披露宴となる。

披露宴となり、場所は変わる。式場には力を入れたが披露宴の会場は多くの人を呼べるようにした広いだけの建物である。

それでも十分である。用意されたテーブルに着く参加者達《たち》は新郎新婦の再登場を待つだけとなる。

そして、司会役のギルバートの進行によりお色直しをした新郎新婦が再登場する。

先程の純白なタキシードから、銀色《シルバー》のタキシードになっているバルバロトと、純白のドレスから可愛らしいピンクのドレスに変わっているイザベルを見た参加者は騒然とする。

まさか、新しい衣装になるとは思ってもいなかったからだ。

常識が変わる。今日という日が歴史を動かすかもしれない。新たな結婚式は多くの参加者の脳裏に深く刻まれる事となった。

披露宴は順調に進んでいき、やがて終わる。それは当たり前の事だが、楽しい時間が終わるのはとても寂しい。

だけど、いつまでもこの時間が続くわけではない。だから、区切りをつけるのだ。ギルバートが終わりの挨拶をしようかとした時、新郎新婦の二人が止める。

「この場を借りて私達の主であるレオルド様に伝えたい事があるのです！」

このことを知らなかったレオルドは戸惑うように周囲を見回している。

（えっえっ!?　なに？　何を言われるの!?）

座っていたはずの二人が立ち上がり、レオルドの方へと身体《からだ》を向ける。二人に見られているレオルドは身体が硬くなってしまい動けないでいた。

「レオルド様。この度は私達夫婦の為《ため》にありがとうございます！　貴方《あなた》に仕えることが出来て私達は幸せです！」

バルバロトの言葉に思わず泣きそうになってしまうレオルドだったが、バルバロトの伝えたい気持ちはまだ終わっていない。

「思えばレオルド様がゼアトに来てから、私の生活は一変しました。貴方に剣を教える日々は私にとって生涯の宝物となりましょう。そして、貴方のおかげで妻と出会うことも出来ました。全てレオルド様、貴方のおかげです。どうか、これからも夫婦共々よろしくお願いします」

嘘偽《うそいつわ》りのない感謝の気持ちだった。頭を下げている二人を見て、レオルドは涙が溢れそうになった。

余計なお世話なのではとずっと不安に思っていたレオルドは二人からの感謝を込めた言葉を聞いて報われた。

やってよかったと。

レオルドは心の底からそう思った。

二人の言葉により結婚式は無事終了となる。参加者達を見送っていく中、レオルドはぼんやりと考えていた。

（……運命を覆す事が出来たら俺も誰かと結婚するのかね）

いずれ来るであろう死の運命。運命48《ゲーム》では主人公《ジークフリート》がどのヒロインを選んでもレオルドは死んでしまう。死因は色々あるが、死を避ける事は出来ない。

だから、レオルドは結婚のことなど微塵《みじん》も考えた事がなかった。ただ、もしも、未来があるのならレオルドは今回の一件で結婚も悪くはないと考えを改める事になる。

ただし、相手がいればの話だが。

レイラの言うとおり、いずれは政略結婚をすることになるだろう。恐らくだが、国にとって影響力のある女性とだ。そうなれば、公爵家か王族辺りであろう。

レオルドはシルヴィアの方を一度見て、漠然と考える。

（シルヴィアとか？　一番の有力候補だとは思うが……どうなんだろうか。ジークがハーレムか王女ルートに行ってない限り、俺と同い年の第三王女辺りもあり得る。あれ？　そうなると、シルヴィアはどうなるんだ？　ゲームだったら、シルヴィアの能力を危惧した魔王が手下を送り込んで暗殺する予定だけど……）

運命48の場合はジークフリートがハーレムルートか王女ルートに突入するとシルヴィアは魔王に目を付けられて暗殺されてしまう。

ただ、それ以外だとどうなるかは描写されてはいない。サブヒロインであるシルヴィアはあまり物語に関与しないのだ。だから、シルヴィアがどうなるかレオルドもわからなかった。

シルヴィアのスキルが破格なので他国へ嫁がせることはないはず。無難なところでいけば有力な貴族の下へと降嫁するだろう。

これ以上考えるのはやめようとレオルドは頭を振って忘れる事にした。

すると、その時シルヴィアがレオルドに近づいた。

「レオルド様。どうして、私には何も言ってくれなかったのですか」

レオルドはすっかり忘れていた。シルヴィアに結婚式の事を教えるのを。

「イザベルから聞くまでは全く知りませんでした。どうして黙っていたのですか」

「あ～……忙しくてですね」

「王都にも頻繁に来ていたと聞きましたが？」

「うッ……申し訳ありません。完全に忘れていました」

「イザベルには私も大変お世話になりました。出来る事なら力になりたかったです」

「本当に申し訳ありませんでした……」

「すいません。少し言い過ぎました。でも、この言葉は本心ですから」

レオルドがバルバロトに感謝しているようにシルヴィアもイザベルに感謝していたのだ。

その気持ちはレオルドもよく知っているだろう。

「レオルド様。私はもう怒っていませんわ。それよりも少しお聞きしたいことがあるのですが」

「なんでしょうか？　お詫《わ》びという事ではありませんが答えられることなら、なんでも答えますよ」

「では、一つだけ。レオルド様はご結婚の意思がおありですか？」

「……一応あるとだけ」

「そうですか」

少しだけ思案するように下を向いたシルヴィアにレオルドは首を傾《かし》げた。どうして、そのような質問をしたのだろうかと考えていたレオルドであったが答えは分からなかった。

「レオルド様。またお会いしましょう」

「え、あ、はい」

そう言ってシルヴィアは去っていった。最後の質問はどういう意味だったのだろうかと、しばらく悩むことになるレオルドであった。

第三話 ✧ 領地改革、再開！

二人の結婚式が無事に終わり、いよいよレオルドは次の計画を実行する事になる。マルコという天才が発明した車を実現させる日がやってくるのだ。

そうと決まればレオルドは行動に移る。マルコを捕まえて、今後の計画を練っていく事に。

「マルコ。お前が考えている車だが、明日から本格的に計画を実行させるぞ」

「お、おお！　でも、工房とかはどうするんだ？」

「ある程度広い建物を作るつもりだ。デザインに拘《こだわ》る必要はないからすぐに出来る」

「なるほど。じゃあ、ホントに？」

「ああ！　世界の度肝を抜いてやるぞ！」

二人の男が決意を胸に立ち上がる。これから成すのは産業革命だ。レオルドには既に未来が見えていた。

自動車産業を興せば、どれだけの経済効果が産まれるかなど分かりきっていることだった。

（それに、まあ、なんというか罪滅ぼしも兼ねてな……。沢山の人に迷惑を掛けたから少しでも恩返し出来ればいいんだが……）

金儲《かねもう》けも確かに大事な事ではあるのだが、それ以上にレオルドはこれまで沢山の人間に迷惑を掛けてきたことを、少しでも償おうと車を作ることを決めたのだった。

（ふっふっふ。でも、夢が広がるな！）

不気味そうに笑うレオルドを見てマルコは若干引いていた。いい人なのではあるのだが、時折おかしなことをするので、少しだけ心配するマルコである。

レオルドの目論《もくろ》みは成功するのか。それとも失敗するのか。それは分からないが、どちらに転んでも面白そうなのは確かである。


レオルドは車を作るために材料集めとなるのだが、彼は先にインフラを整える事にした。いくら車を作ったとしても道が舗装されていないと不安な点が多い。

なのでまずは、土魔法の使い手を臨時で雇い、ゼアトの道を綺麗に整えていく。

当然、一番活躍したのはレオルドであった。

「はーはっはっはっはっは！！！」

驚異的な速度で道を綺麗にして整えるレオルドの姿はお世辞にも褒める事は出来なかった。

やっている事自体は大変素晴らしいものなのだが、高笑いをして駆け回る姿は人々に恐怖を与えていた。

「あれさえなければ素晴らしい御方《おかた》なんだけどな……」

臨時で雇われている土魔法の使い手は残念そうに呟《つぶや》いていた。

ある程度、道路が完成するとレオルドはマルコと共に自動車製造へと切り替えていく。

真人《まこと》の記憶から自動車の部品や製造方法を呼び起こして、マルコと二人で設計書を改良していく。

完成した設計書を見た二人は笑いあって抱きしめ合う。

「ここから始まるんだ！　俺達の夢が！」

「オイラ、レオルド様に会えてよかったよ！」

「まだ、完成したわけじゃないんだ。これから、作業に移っていくから大変だぞ。覚悟しておけよ！」

二人はまだ知らない。これから先、どれだけ過酷な道が待っているかを。

レオルドは真人の記憶にある知識を使えばある程度は出来ると信じているが、甘い考えである。

先人達が血と汗と涙を流して築き上げた結晶を真人達現代人が磨き続けた叡智《えいち》を、そう簡単に再現できるわけがない。

たとえ、魔法という奇跡が存在しようともレオルドは苦しむ事になるだろう。

最初に人員の確保と作業場を作ることから始める。レオルドはマルコと王都へ向かい、馬車製造の見習い職人を募集する。

レオルドの名前を出せば多くの応募者が集まり、全員を雇いたかったが多すぎたので数を絞った。

十五名ほどの人員を確保してレオルド達《たち》はゼアトへと戻る事になる。

次にレオルドは工場の建設を行うが、雨風凌《しの》げる広い倉庫のような工場を作った。特に文句もないのでレオルドはマルコと作業員を連れて中に入ると設計書を基に説明を行う。

「これから君達にはこの設計書に記されているものを作ってもらう。恐らくだが、とても大変な作業になると思う。しかし、これが完成した暁には君達は歴史に名前を刻む事になるだろう！」

『お……おおおおお！』

摑《つか》みはバッチリだ。あとは、このままの勢いで作っていくだけとなる。レオルドはマルコを筆頭に自動車の製造へと着手する。

まずは、部品の製造からだ。型を作り、鉄を流し込んで取り出すのだが肝心の鉄がない。そもそも製鉄所がないのだ。

そこから、始めなければならないが魔法があるのでそれほど難しいことはない。ただ、問題があるとすれば品質だろう。

どの程度の品質にしなければならないのかレオルドは分からない。これは、先人達のように何度も試行錯誤を繰り返してみなければ分からないのだ。

つまり、地獄の始まりである。

レオルドはこれから何度も失敗を繰り返さなければならないのだ。部品を作り、組み立て、試す。これを延々と繰り返して完成を目指さなければならない。

さあ、嘆くがいい。叫ぶがいい。

これから、レオルドが行うのは異世界知識を使った産業革命だが、それがどれほどの困難を極めるかレオルドはこの時はまだ知らなかった。


自動車製造は順調に進むかに思われた。しかし、いざ始めてみればレオルドは自分がどれだけ浅慮だったかを思い知らされる事になる。

「うがあああああっ！！！」

「あー……またか」

レオルドが持つ真人の知識にマルコの発想があったおかげで、車の試作機は完成した。

もっと、時間が掛かるように思えたが、現代日本の自動車製造の知識を持つレオルドに一から車を生み出したマルコがいたのだから時間は掛からなかったのだ。

ただ、やはり、形は出来ても中身は伴っていなかった。完成した試作機は駄目な部分が多く、商品として売る事は出来ない。

「やはり、耐久性がダメだな」

「うーん……」

もう何度このやり取りをした事だろうか。レオルドは他にも仕事があるので、自動車の製造にはあまり時間を割く事が出来ない。

折角、形にはなっているのにどうしても上手《うま》くいかないのだ。苛立《いらだ》ちが募り、叫んでしまう気持ちも理解出来る。

「はぁ……」

部品などの耐久性をチェック出来れば完成は目に見えてくるのだろうが、そのような便利なものはない。では、作れば良いではないかと思うが作れる知識はない。

レオルドが持つ真人の知識には自動車の製造知識があっても計測器などを作る知識はない。どのような物かは理解していても作れないのだ。

「じゃあ、次を試してみようか」

「マルコ、お前は凄《すご》いな……」

「何言ってるんだ。レオルド様のおかげでここまで出来たんだ。後は、何が悪いか、何が良いかを考えるだけなんだから、大したことはないよ。失敗は成功の母だから、何度も試すんだ」

マルコの言う通りである。かつて、自動車を作った人達も試行錯誤を繰り返していたのだ。ならば、完成された知識を有しているレオルドが諦めるのは怠慢でしかない。

「そっか……俺が悪かった。続けよう、マルコ！」

「うん！　その意気だ、レオルド様！」

その後も破損した部品を取り替えて何度も試運転を繰り返しては壊していく。それでも、一つ一つ何が間違っているのかを皆で相談して、修正を行い、試運転を繰り返す作業は辛《つら》かったが楽しくもあった。

皆で一つの事をやり遂げようとしているのだから、楽しくないわけがない。辛い事も厳しい事も苦しい事も分かち合い、一丸となって自動車を作り上げていく。


やがて季節は巡り、新たなる季節がゼアトに訪れる。

しかし、未《いま》だに自動車は完成していない。

「……またダメだったか」

「じゃあ、次はこっちを試そう」

「よし、やるか！」

今回も失敗に終わったが悲嘆にくれることはない。失敗する事が前提になっているのだ。上手くいけば儲けもの。

だから、諦めない。上手くいくまで何度だって試すのだ。どれだけの失敗を繰り返そうとも、成功するまでやればいいだけ。

そうやって、発明は生まれてきたのだから。

破損した部品を回収して、何がいけなかったのかを分析して次へ活《い》かす。

次の部品を取り付けて、もう一度試運転を試してみるが、負荷に耐えられず部品は壊れる。

レオルド達が開発したのは、魔法と科学を融合させた自動車なのだが、動力源を魔力にしているだけで、後はレオルドとマルコが開発した科学の部品である。

問題は科学の部品が速度、重量、遠心力といった負荷に耐えられないのだ。そのおかげで、何度も壊れては修正を繰り返している。

レオルドも真人の記憶で形は覚えていても耐久性や品質などの数値は正確にわからなかった。その認識が甘かったとも言える。

「う～ん、こうしてみてはどうですかね？」

「うん？　いや、こうだと思うんだが……」

「では、こういうのはどうですか？」

「試してみるか～」

マルコ以外の作業員とも仲良くなっており、レオルドは問題点を改善する。

頼もしい仲間がいるおかげでレオルドも挫《くじ》けることなく作業に没頭できる。

だが、レオルドもずっとは付き合う事が出来ない。まだまだ、仕事は山積みなのでレオルドはマルコに後を任せて屋敷へと戻ることになる。

屋敷へと戻ったレオルドは文官達に合流して、書類仕事を片付けていく。ゼアトでの収支に税金に住民達からの要望などの書類に目を通してレオルドは目頭を押さえる。

「ふう……」

「レオルド様。少し休憩をなさっては？」

「ん～～……少し仮眠を取るか」

イザベルに休憩を取るように促されてレオルドは仮眠を取る事にした。自室へと向かい、ベッドに倒れるレオルドは数分も経《た》たないうちに寝息を立て始める。

どうやら、かなりの疲労が溜《た》まっていたらしい。無造作に寝転がるレオルドをギルバートが起こさないようにベッドに寝かせた。

それから、しばらくしてレオルドは目を覚ます。窓の外を見てみると既に夕暮れとなっていた。これは、寝過ごしてしまったとレオルドは慌てて飛び起きる。

残っていた書類仕事を片付けて、レオルドは夕食をとる。夕食後にはシャルロットの元で魔法の鍛錬と魔道具の開発。

シャルロットが持つ魔法の知識にレオルドの持つ異世界の知識を組み合わせた魔道具はいくつか完成している。

そのうちの一つが自動車に取り付けている原動機《エンジン》である。化石燃料ではなく魔素を取り込み車を動かすのだ。

とんでもない発明であるのだが、まだ世には出ていないので、その価値は知られてはいない。

「車は出来ないの？」

「やはり難しいな。俺の持ってる知識でも再現には時間が掛かるだろう。元々、車の歴史が長いからそう簡単にはいかない。俺の認識が甘かった所為《せい》だ。その所為でマルコや作業員達には苦労ばかりを掛けている」

「でも、完成すれば世界を驚かせられるんでしょ？」

「完成すればな。それに、帝国も魔道列車を小型化させようとしているはずだからな」

「ゲームではそうなっていたの？」

「ああ。完成には至っていなかったが、小型化するという発想は出ていたからな」

「なら、負けないように頑張らなくちゃね」

「そうだな。必ず完成させてみせるさ」

意気込んだレオルドを見てシャルロットは微笑《ほほえ》む。きっと、本当に完成させるのだろうと。その日が来るのを待ち遠しいと思うシャルロットであった。

今、レオルドは自動車製造に夢中であった。相変わらず試行錯誤の毎日ではあるが、一歩一歩確実に先へ進んでいるからだ。

試作車は時速二十キロの壁を越え、時速四十キロに突入した。

しかし、そこでまた躓《つまず》いてしまう。それでも、前よりは耐久性も上がっており品質向上に繋《つな》がっているのでレオルドを含めた作業員達はやる気に満ち溢《あふ》れていた。

「ようしっ！　四十二キロおおおおっ!?」

ここで限界である。レオルドが試運転していた車から、バギンッという音が鳴ると動かなくなる。車から飛び降りたレオルドが車の底を覗《のぞ》いて破損箇所を発見する。そこへ、作業員達が集まり話し合う。

「またですね……」

「じゃあ、交換して再開しましょう！」

『おおおおおっ！！！』

凹《へこ》んではいられないので作業員達は破損した部品をテキパキと交換していく。もう慣れたもので作業員達の動きはある意味芸術的であった。

（うーん、量産可能になったら彼等《ら》を作業長にすれば問題ないな。まあ、まだ完成の目処《めど》すら立ってないけど……）

そんな事を考えながら、レオルドは作業員達《たち》の作業を見守っていた。すると、そこへギルバートがやってくる。

「坊ちゃま。シルヴィア殿下がお見えになりました。坊ちゃまにお話があるとの事です」

「そうか。わかった。すぐに行こう」

転移魔法陣が設置されてからはゼアトへよく来るようになったシルヴィア。すでに慣れたものでレオルドはすぐに屋敷へと戻る。が、その前に作業員代表であるマルコに後を任せる事を伝えた。

「マルコ。後は頼むぞ」

「任せてくれ！」

「ふっ、頼もしいかぎりだ」

頼もしいマルコの返事を聞いたレオルドは愉快に笑いギルバートと共に屋敷へと戻るのだった。

屋敷へと戻ったレオルドは応接室に向かい、優雅に紅茶を飲んでいるシルヴィアと対面する。

「お待たせしてしまい、申し訳ありません。殿下」

「いえ、構いませんわ。こちらこそ急な訪問だと言うのに気を遣わせて申し訳ありません」

「いえいえ、臣下としては当然の務めでございます」

慣れたとはいえレオルドは少々不満であった。折角、自動車の製造が上手くいき始めていたところだと言うのに、シルヴィアの急な訪問は出来れば勘弁してほしかったと思うレオルドである。

「どうかしましたか、レオルド様？」

「いえ、なんでもありません」

「そうですか？　何やら、考えていたようですけど……？」

「申し訳ありません。別の事を考えておりました……」

「あら、ちなみにどのような事を？」

車の事は出来れば秘密にしておきたいところであるが、いずれ公開することは確かだ。

それなら、シルヴィアには教えても問題はないのではないかと考えるレオルド。

その選択が正しいかどうかは置いておいて、王族であるシルヴィアへ事前に報告しておけば後々力になってくれるだろう。

「完成するまでは秘密にしておきたかったのですが、馬車に代わる発明をしてるんです」

「ええっ!?　馬車に代わる発明ですか……？　ちなみに今拝見する事は可能ですか？」

「まだ試作機ですからお見せするのは、恥ずかしいですね……」

「どうしてもダメでしょうか？」

瞳を潤わせて見詰めるシルヴィアにレオルドはたじろぐ。

（くぅ、相変わらず可愛《かわい》いなぁ……！　まあ、でも、ちょっとくらいは構わないか）

シルヴィアの魅力に負けて、レオルドはまだ完成していない車を見せることにした。

二人は、イザベルとギルバートとシェリアを引き連れて車を製作している工場へと向かった。

そこではマルコが試運転をしている姿があった。しかし、まだ完成には至らず壊れては修理するという作業を行っている。

「あの、アレが車というものですの？」

「ええ。まだ完成はしてませんが」

「ええ？　でも、普通に動いていますけど？」

「アレはダメです。本来ならもっと長く走り、もっと速く走れるんです」

「それは、すごいですわ！　あの……完成した暁には是非とも呼んでもらえないでしょうか？」

懇願するように両手を組んでレオルドに迫るシルヴィア。第四王女の頼みを断る事は出来ない。

それにレオルドは断るつもりなど一切ない。だから笑みを浮かべて返事をする。

「ええ、是非ともお呼びしましょう。いずれは、陛下にも乗っていただきたいものですから」

「ふふっ！　とても嬉《うれ》しいです！　楽しみにしていますわ！」

年頃の少女らしく喜んでいるシルヴィアを見て、レオルドはまた頑張ろうと思えた。

だって、こんなにも綺麗《きれい》な子が喜んでくれているのだから。男として応えない訳にはいかなかった。

第四話 ✧ 新たな仲間

暑い日が続いている中、レオルドは未《いま》だに完成の目処が立たない自動車製造に励んでいた。

ただでさえ外は暑く作業が辛《つら》い。それでも男達は夢を諦めることなく追い続ける。悲しいが男は浪漫《ロマン》を、そして夢を追いかけ続ける哀れな生き物である。

「またダメだったか……」

自走車の製造はそう簡単にはいかない。試運転している時に部品が破損した音が響き渡り、試作車は動かなくなる。

作業員達が集まり、破損した部品を片付けて改善点を話し合い、新しい試作品を取り付ける。

そして、また試運転を再開する。これを何度も繰り返す事が完成への唯一の道であった。

レオルドはしばらく見守っていたが他にもやるべき事があるので、工場を後にする。

屋敷へと戻り、文官達と合流して書類仕事にあたる。それから数時間ほど書類仕事に追われることになった。

やっと、書類仕事が終わったかと思われたが、たまたま書類が落ちてしまう。拾い上げるレオルドだったが、書類の内容を見て動かなくなってしまう。

「レオルド様。どうかされましたか？」

突然、動かなくなったレオルドを心配したシェリアが声を掛ける。声を掛けられたレオルドは、その声で動き出す。

「いや、気になる案件があってな」

拾い上げた書類には騎士の派遣要請が書いてあった。その内容は畑を荒らす何者かを捕らえて欲しいというものだ。

何者かと書かれているが人間であるかは分からない。何せ、畑が荒らされている事しか分からないからだ。

「畑を荒らすなんて許せませんね。農家の人が丹精込めて育てた作物を盗むなんて酷《ひど》い話です」

「そうだな。シェリアの言う通りだ。彼等がいるから俺達は新鮮な野菜を食べる事が出来るのだからな。これは早めに解決せねばならん」

そう言うレオルドに話を聞いていた文官が口を開いた。

「ですが、その案件はゼアトでも小さな村ですよ？　それってつまり、村の中に犯人がいるって事ですよ。騎士を派遣するまでもない案件です」

「ふむ……ならば、俺が行こうか」

「「はあっ!?」」

レオルドの発言に思わず文官達は揃《そろ》って声を上げてしまう。

「そんなに驚く事か？」

「いやいや、何を言ってるんですか！　領主であるレオルド様がするような事じゃないですよ！」

「でも、さっき騎士を派遣するまでもないって」

「確かにそう言いましたけど、だからってレオルド様が行くのはおかしいです！」

「えー？　でも、領主だし別に良くないか？」

「よくありません！　大体、仕事はどうするんですか！」

「お前達に任せる。車の方はマルコがいれば問題ないし、俺がいなくても十分に領地は経営出来るだろう」

「だからと言って領主であるレオルド様自らが行く意味が分かりません！」

文官の言う通りである。今回の件は確かに不確定要素があるが、騎士を派遣すれば解決する問題である。ならば、領主であるレオルドが行く必要性は全くない。

「……久しぶりに身体《からだ》を動かしたいんだ」

「いつも、ギルバート殿やバルバロト殿と鍛錬してるでしょうが！」

「たまには実戦を……な？」

「アホですか？」

「は？　おまっ！　主に向かってアホってなんだ！　言い過ぎだぞ！」

「あのですね、レオルド様。よく考えてください。ご自身の立場を」

そう言われると辛いのがレオルドである。現在、レオルドは伯爵という立場もあるが、それ以上に重要なのが転移魔法を復活させた事により各国から狙われている身であるということだ。

レオルドではないが、既に家族の方に被害が及んでいる。故にレオルドが勝手な行動をするのは許されない。

「でも、ゼアト内だぞ？　俺の領地なんだから――」

「ギルバート殿が過労死しますよ……？」

現在、ゼアトが帝国や聖教国の魔の手に落ちていないのはギルバートの頑張りがあってのものだ。

元暗殺者《アサシン》としての能力を駆使してゼアトに潜り込んだ帝国や聖教国の内通者を秘密裏に処理しているのだ。

勿論《もちろん》、この事実を知っているのはレオルドだけではない。文官達に使用人といったレオルドに近しい人物は全員が知っている。

ただ、ギルバートも万能ではないのでゼアト全域を補う事は出来ない。ギルバートが補えるのはレオルドの近くであるゼアトの中心街のみだ。

「ギルを護衛に連れていけばいいか？」

「お爺《じい》ちゃんが死んじゃうのは駄目ですよ、レオルド様ッ！」

「そういう問題じゃないでしょう……」

「じゃあ、仕方がない。シャルを連れていこう！」

「え、あー……それなら……？」

文官達《たち》はお互いに顔を見合わせる。果たして、シャルロットを連れていけば安全なのだろうかと思案している顔だ。

シャルロットは誰もが知る世界最強の魔法使いである。確かに同行させれば、これ以上ないくらいの味方であろう。ただし、シャルロットがまともに動いてくれればの話だ。

文官達も一応シャルロットについては話を聞いている。国家に関わる様なことならシャルロットは助けないし動かない。ただ、レオルドの命が危機とあるならば助けるが、それ以外ならどうなるかは分からない。

そんな人間に任せてもいいのだろうかと文官達は考える。

「それで、答えは出たか？」

「シャルロット様が一緒なら……」

「シャルロット様が傍《そば》にいるなら安全ですね！」

多少不安であるが、シャルロットが一緒ならば問題ないだろうという結論を出してしまった文官達とシェリア。

「ならば、呼んでこよう」

「あっ、でも、シャルロット様が行かないって言ったらダメですからね！」

「うむ。分かった」

（ホントにわかってるのかなぁ……？）

部屋から出ていくレオルドが振り返ることなく文官達に向かって親指を立てた。それを見た文官達は不安に思うばかりであった。

シェリアと共にシャルロットの部屋へとやってきたレオルドはノックをして返事を待つが、一向に彼女から返事はこない。部屋にいないのかと考えるがシャルロットが屋敷を出て行ったという報告もない。なら、いるはずだとレオルドはもう一度部屋の扉をノックした。

しかし、いくら待ってもシャルロットが出てこないので、レオルドはやむを得ずシェリアを突撃させることにした。

「え、ええ！　だ、大丈夫なんですか？　そんなことして」

「大丈夫だ。アイツは敵意さえなかったら基本は何もしてこない。ただ、シャルはシェリアのことを気に入ってるから悪戯《いたずら》はしてくるかもしれん」

「それ大丈夫じゃない気がするんですが……」

「安心しろ。何かあったら必ず助ける」

「う、うぅ……。そこまで言うなら行きますけど、ホントにどうなっても知りませんからね」

という訳で、シェリアは恐る恐るシャルロットの部屋へと入っていく。その間、レオルドはどうする事も出来ず、シェリアの無事をただ祈っていた。

しばらくして、「きゃあッ！」とシェリアの悲鳴が聞こえてくる。これは何かあったに違いないと急いでシャルロットの部屋へ突入する。そこで彼が目にしたのはベッドの上でシェリアを抱き枕にして眠っているシャルロットの姿だった。

「まあ、予想はしていたが……」

「あう……。助けてください、レオルド様〜」

シャルロットの抱き枕と化しているシェリアがレオルドに助けを求めるように手を伸ばしている。だが、それを許さないとシャルロットがシェリアを強く抱きしめた。

「あん、駄目よ。シェリア〜、もう離さないんだから〜」

「う〜」

美女と美少女が目の前で戯れている光景にレオルドは内心で感謝している。

（眼福、眼福。ありがとう、素敵な光景を）

とはいえ、流石《さすが》にこのままという訳にはいかない。レオルドはシャルロットを口説き落として領地の問題を解決しなければならないのだ。

「シャル。いい加減に離してやれ」

「嫌よ～！　だって、シェリアはお肌すべすべでぷにぷにで可愛《かわい》いもの！　一生、私の抱き枕にするんだから！」

「はあ……。言いたい事は分からんでもないがギルが怒るぞ。その辺で終わりにしておけ」

「まあ、それもそうね。それよりも私に何か用？」

シェリアを離すのかと思えば、そのまま彼女を抱いた状態でレオルドへ話しかけるシャルロット。もう気にするのは止《や》めようと諦めたレオルドは用件を口にするのだった。

「ああ。実は俺の領地で畑泥棒が出たらしくてな。その犯人捜しに行こうと思っている。そこでお前も一緒にと思ってな」

「嫌よ、めんどくさい！」

「そう言うな。暇なんだから少しくらい手伝ってくれてもいいだろう」

「確かにそうだけど、畑泥棒を捕まえるなんて面倒で嫌よ」

「手伝ってくれたら、ちゃんと報酬は出す。それでどうだ？」

「報酬って何よ？　言っておくけど、私そんなに軽い女じゃないから」

「そうだな……。では、お前の言う事を一つ聞くというのはどうだ?」

「ふ～ん………。まあ、悪くないわね。いいわ。それで」

「よし。なら、早速出かける準備をしろ。シェリア、手伝ってやれ」

そう言ってレオルドは部屋を後にし、もう一人護衛をつけるべくバルバロトを探しに向かうのであった。


それから見事にシャルロットを口説き落としたレオルドはシャルロットとバルバロトの二人を引き連れて、件《くだん》の村まで向かう。

転移魔法でパッと移動したいところであったが、ある欠点が存在する為《ため》、三人は馬に乗って移動する。

「長距離転移の不便な所って一度その場所を訪れなきゃいけないのよね～」

馬に跨《また》がりながら愚痴を吐くシャルロットにレオルドが注意する。

「文句を言うな。使えるだけでも十分だろう」

「まあ、そうなんだけどね～」

のんびりとした雰囲気で三人は村へと進んでいく。

道中、魔物に襲われるといったハプニングもない。魔物にも知能はあるので襲ってもいい相手かを判断できるのだ。野性の本能というべきか、三人を目にした魔物は気配を悟られないように姿を消していたのである。

だから、三人が魔物に襲われる事はほぼないと言っていい。例外があるとすれば、モンスターパニックとモンスターパレードだけだ。

そして、三人がのんびりと馬を進めていたら報告にあった村へと辿《たど》り着いた。

馬を降りて、レオルドは村の中へと二人を引き連れて進んでいく。

早速、第一村人を発見する。見た目は十代後半から二十代前半に見える茶色い短髪の男性だ。その男性にレオルドは近づいて挨拶をする。

「やあ、初めまして」

「ん？　き、貴族様っ!?」

男性は背後から声を掛けたレオルドの方へ振り返る。男性はレオルドの格好を見て貴族だと分かり、慌てて土下座をする。

「お、おお!?」

ここ最近、このような反応を見ていなかったのでレオルドも突然の土下座に驚いている。よくよく考えれば自分が貴族で平民からは畏怖される存在だということくらい分かりそうなものなのだが、すっかり忘れていたようだ。

「顔を上げてくれ。今日は確かめたい事があって来たんだ」

「確かめたい事ですか？　なんでございましょう？」

「うむ。実はこの村で畑を荒らされるといった事件が起こったと聞いてな。その事で詳しい話を聞きたいんだ」

「あー、そのことですか。でしたら、畑を荒らされた人の所まで案内しましょうか？」

「おお、助かる」

「では、ついて来て下さい」

男性は立ち上がるとレオルド達の前を歩き出して、畑を荒らされた被害者の家まで案内する。

「ここです」

「そうか。ここの家の者が被害に遭ったのだな。案内感謝する」

「いえ！　これくらいお安い御用です！」

「では、また頼むぞ」

「はい！　それでは自分はこれで失礼します！」

敬礼をして立ち去っていく男性を見送ると、レオルドは案内された家の戸を叩《たた》いた。

「は～い。どちらさまでしょうか——き、貴族様っ!?」

本日二度目の反応である。レオルドは土下座をしようとしている家主であろう女性に声を掛ける。

「まあ、待て。土下座をされては話がし辛《づら》い。一先《ひとま》ず、家の中に入れてくれないか？」

「で、ですが、うちには貴族様をもてなすようなものは一切ございません。それでも、よろしいでしょうか？」

「求めてないから、構わん。とりあえず、人目につくから家の中で話をしたいんだ」

「わ、わかりました。では、狭苦しい家ですがどうぞ」

家の中へと通されるレオルド達は、入ってすぐの所にある椅子に腰を掛ける。椅子は二つしかないのでレオルドと家主である女性が机を挟んで座る。

「私も座りた～い！」

「二つしか椅子がないんだ。我慢しろ」

「それなら、レオルドが立っていればいいじゃない」

「えっ!?　そ、その名前は領主様っ!?」

（あ～、顔は知らないけど名前は聞いたことがある感じね）

新しい領主が就任した場合、田舎にある村には張り紙で知らされるか村長から聞かされることになる。だから、顔は知らないが名前は知っているのだ。

「ああ、そうだ。自己紹介が遅れてしまったが、俺の名はレオルド・ハーヴェスト。このゼアトを治めている領主でもある。そして、こちらの女性はシャルロット・グリンデ。俺の相談役兼護衛だ。こちらの男性はバルバロト・ドグルム。騎士であり、俺の護衛を務めている」

「あ、あのどうしてうちに領主様が？」

「それなんだが、この家にはお前一人か？」

「い、いえ！　旦那と二人で住んでいます」

「旦那の方はどこにいる？」

「今は出掛けています」

「ふむ、そうか。では、旦那抜きで話をしようか。俺がここに来た理由は、畑が荒らされたと聞いたからだ。詳しい事が知りたい。話してくれるか？」

「え、あの、それは私達《たち》が村長に頼んで騎士様を派遣してもらうように頼んだ事なのですが？」

「知っているぞ。だから、騎士のかわりに俺が来たんだ」

「あ、ああっ！　申し訳ありません。領主様の手を煩わせてしまって！」

「いや、そんな事はない。だから、土下座をやめてくれ」

女性は自分達が余計な真似《まね》をしたばかりに領主であるレオルドの手を煩わせてしまったと悔いて土下座をする。

勿論《もちろん》、レオルドはそんな事微塵《みじん》も思っていない。なので、女性に土下座をやめるように促す。

「で、ですが……」

「俺の事を思ってくれるなら土下座をやめて、話をさせてくれ」

「わ、分かりました……」

出だしから疲れたレオルドは椅子の背もたれに体重を預ける。

「ふう……では、報告にあった畑が荒らされていた件について聞きたい」

「はい。私達の畑が荒らされたのは数日前の事でした。いつものように畑の様子を見に行くと、作物が盗まれていたのです。とは言っても被害はそこまで大きくありませんでした。私と旦那が食べていく分は残っていたので。最初は私も旦那も村人の誰かが犯人だと思い込み村中を聞き回ったのですが、村の中には犯人はいませんでした」

「ふむ……つまり魔物の仕業というわけか？」

「いえ、違います」

「なに？　では、やはり村人か？」

「それが……子供だと思うのです」

「その根拠は？」

「私と旦那は一度盗まれた作物の辺りを見て回ったのです。すると、そこには子供のものと思わしき足跡が複数残っていました」

「それは、村の子供ではないのか？」

レオルドの質問に女性は首を横に振る。つまり、違うと言うことだ。

「村の子供ではないとしたら……犯人は一体……？」

「ですから、その……騎士の方を派遣して貰《もら》おうと思ったわけです」

「なるほど……！　よし、俺に任せておけ。必ずや、犯人を見つけ出してやろう」

「あ、ありがとうございます、領主様！」

深々と頭を下げる女性に対して自信満々なレオルドはふん反りかえっている。どうして、そこまで自信があるかは分からないが、何か心当たりでもあるのだろう。

被害者の家を出ていくレオルド一行。まずは情報収集の為、村の中を歩き回り話を聞いていく。

しかし、思った以上に情報は集まらなかった。

「うーむ……意外と集まらなかったな」

「どうしますか？」

「ふむ……被害者の畑に行ってみるか」

ひとまず、情報収集を中止してレオルドは被害を受けたという畑へ向かう事にする。被害者の家に行き、女性に畑へと案内してもらう。

レオルド達は畑に辿り着く。そして、被害を受けたという場所にまで連れて行って貰った。

「ここです」

女性が指を差す場所を調べてみると確かに子供の足跡が残っていた。ゴブリンやコボルトとは違うので子供のものだと分かる。

足跡の続く方向に目を向けるが、途中で消えている。誰かが意図的に消したのかと思ったレオルドは女性に足跡の事を尋ねる。

「この足跡は消したのか？　それとも消えたのか？」

「消えてました。私達も足跡を追いかけようとしたのですが、途中で消えている事に気がついたんです」

「……そうか」

手がかりである足跡が途中で消えてしまったのでは追いかける事が出来ない。また、振り出しに戻ってしまったと思われたが、途中で消えている足跡の場所にバルバロトが近づき何かに気がついた。

「これ……一つ聞きたいのだがここは被害を受けてからそのままなのか？」

「えっ、そうですけど？」

「ふむ。レオルド様。犯人はただの子供じゃないかもしれません」

「なに？　どういう事だ？」

気になる事を言うバルバロトの元へと近づくレオルドは消えている足跡を確かめる。

「これ、意図的に消されてるんです。盗賊とかがアジトを特定されない為《ため》にやるんですよ」

「……さっぱり分からん！」

「分かりますか？」

「なんだとっ!?　じゃあ、この足跡の主は盗賊というわけなのか？」

「まあ、必ずしもそうと決まったわけではありません。でも、手口からすると可能性はありますね」

「子供なのにか？」

「逆に言えば子供だから詰めが甘かったのでしょう。本物の盗賊なら最初から足跡を残しませんよ」

「ああ、なるほどな。しかし、盗賊か……」

「どうしますか？　一度戻って、部隊を組みここら一帯を捜索しましょうか？」

（うーん……戦力的にはこの三人で十分だ。でも、子供ってのが引っかかる。何か、忘れてる気がするんだよなぁ……）

腕を組んで眉間に皺《しわ》を寄せるレオルドにバルバロトは息を呑《の》む。これ程までにレオルドが悩んでいるということは、とてつもなく厄介な案件なのかもしれないとバルバロトは勘違いしていた。

（あー！　あと少しで思い出しそうなのに！　モヤモヤするなぁ～！）

頭を掻《か》きむしりたくなる衝動を抑えてレオルドは考えるのをやめる。元の表情に戻ったレオルドを見てバルバロトは期待を寄せる。

「この三人で調査を行う。バルバロト、シャルロット。一度、馬を取りに戻るぞ」

一旦、三人は預けていた馬を取りに戻る。馬を取りに行った三人は馬へ跨《また》がると、レオルドを先頭に村の外にある森へと入っていく。

特に何かを考えている訳ではないので、レオルドはあてもなく馬を進めていく。アホとしか言いようがなかったが、偶然にも上手《うま》くいくこととなる。

「む……？」

レオルドが気付くと同時にバルバロト、シャルロットの二人が警戒を強くした。

（囲まれてるな。盗賊か？）

森の中を進んでいたレオルド達を複数の人間が囲んでいる。草木に隠れて気配を隠しているが三人には丸わかりであった。

しかし、襲っても来ない相手を盗賊と断定するのはどうかと悩むレオルドは腕を組んで首を捻《ひね》る。

しばらく、レオルドが考え込んでいたら相手に動きがあった。三人を襲うような事をせずに逃げようとしている。

「レオルド様、追いかけますか？」

（あっ、思い出したわ。これ、確かサブイベントの少年盗賊団だ。確か、餓狼《がろう》の牙が逮捕された後に出てくるはずなんだけど、なんで今なんだ？）

少年盗賊団。これは運命48《ゲーム》だと餓狼の牙が逮捕されると出現する。内容はジェックスが世話をしていた少年少女達が餓狼の牙の真似事をするようなものだ。

しかし、所詮は子供の真似事。すぐにバレてしまい、主人公達《ジークフリート》に叱られて終わりだ。ただし、少年少女達は餓狼の牙を逮捕した主人公達《ジークフリート》を激しく恨んでおり、恨み辛《つら》みをぶちまけるのだ。

これが意外と心を抉《えぐ》る。

主人公達《ジークフリート》は正義という名の下に餓狼の牙を捕らえたのだが、少年少女達にとっては餓狼の牙が正義で主人公達《ジークフリート》が悪だったのだ。故に責められた主人公《ジークフリート》が弱音を吐いたりする事になる。

さて、そんな少年盗賊団が何故《なぜ》今現れたのか。その理由はまだ分からないがレオルドは一先《ひとま》ず話を聞いてみる為に隠れている子供達に聞こえるように大声を出す。

「そこに隠れているのは分かっている。酷《ひど》いことはしないから出てきて欲しい。話がしたい！」

すると、草木の陰に隠れていた子供達が姿を現した。

（逃げると思ったんだが、意外だなぁ）

真《ま》っ直《す》ぐこちらを見てくる子供にレオルドは目を合わせる。

「君がリーダーか？」

「貴族が何の用だ！」

「口の利き方には気をつけろ、と叱る所だが大目に見よう。一つ聞きたいんだが、この先にある村から作物を盗んだか？」

なるべく刺激しないように優しく問い掛けるレオルドだが、子供の方は気に障ったのか怒鳴り声を上げる。

「お前には関係ないだろ！」

（うーん、埒《らち》が明かないなぁ……。それにこのままだと、バルバロトが怒りかねんな）

レオルドは困ったように背後をチラリと盗み見してみるとバルバロトが僅かに怒っているように見えた。このままだと、バルバロトが子供達を叱り付けるかもしれない。

そうなると、余計に話が拗《こじ》れてしまう。それだけは避けなければならないとレオルドは頭を悩ませるのであった。

「まあ、落ち着いてくれ。さっきも聞いたが、この先の村から作物を盗んだか？」

「だったら、なんだよ！」

（おう……！　犯人でしたかぁ……）

犯行を認めたように子供は声を荒《あら》らげる。これには困ったような反応を見せるレオルド。子供であろうと盗みを働いた罪人だ。レオルドは子供を捕まえて裁かなければならない。しかし、あまり気が進まない。

恐らく少年盗賊団には何かしらの理由があるのだろう。それは、きっと国に対する不平不満からきたものに違いない。

だが、彼等《ら》だけが不幸なわけではない。他にも不幸な人間は沢山いる。なら、彼等を特別扱いする事は許されない。

（本来なら捕まえるべきなんだろうなぁ……）

目頭を揉《も》みながら思案するレオルド。ここで、子供達《たち》を捕まえるのは簡単だ。それで事件の解決にもなり、万々歳であろう。

ただ、本当にそれでいいのかと悩んでしまう。

ここで、子供達を捕まえれば餓狼の牙がどう動くかは目に見えている。子供達を捕まえたレオルド達を襲う事は間違いない。そうなれば、レオルドも餓狼の牙を見逃す事は出来ない。

つまり、餓狼の牙の殲滅《せんめつ》しかなくなる。

勿論《もちろん》、今のレオルドならそれくらいは容易だろう。しかし、レオルドがここまで悩むのには理由がある。

それは、餓狼の牙が民衆の味方だからだ。

少なくともレオルドが餓狼の牙を捕まえたとなったら、反感を買う事になるだろう。そうなれば、折角取り戻した信頼も一部の人間からは失ってしまうかもしれない。それは、避けたいところだ。

では、見逃すかと言われたら見逃せない。

板挟みになってしまったレオルドは大いに悩んだ結果、子供達を説得する事に決めた。

「盗んだ作物を返してくれるなら罪に問わない。だから、盗んだ作物を返してくれないか？」

なるべく穏便に済ませようとするレオルドに子供達は食ってかかる。

「ふざけるな！　お前ら貴族のせいで俺達は満足に食べることが出来ないんだぞ！」

「だからって盗むのはいけないだろう」

「うっ……でも、盗まなきゃ生きていけないいんだ！　それもこれも全部貴族のせいだ！」

「今、お前達がやってるのはその嫌いな貴族と一緒のことだぞ。他人のものを奪い、自分達だけが助かろうとしている。お前達と貴族、どこが違うんだ？」

「ち、違う！　俺達は必要最低限しか盗んでない！　でも、お前ら貴族はこっちの事情なんてお構いなしに金や食べ物を持っていくじゃないか！」

「貴族も必要最低限しか貰ってないぞ。それに、お前達と違って盗んでいるのではない。

お前ら貴族は俺達から奪うだけ奪って贅沢三昧《ぜいたくざんまい》じゃないか！」

「必要最低限だって？　嘘《うそ》をつくな！　お前ら貴族は俺達から奪うだけ奪って贅沢三昧《ぜいたくざんまい》じゃないか！」

「貴族は民の安全を守り、治安を維持している。その対価として税を受け取っているのだ。まあ、中にはお前達の言うとおり、贅沢三昧の者もいるが、少なくとも俺は貴族としての役割を果たしているつもりだ」

「っ……！　でも──」

「先程から貴族が悪いように言っているが、他人の育てた作物を盗んだお前達とどこが違うんだ？　お前は必要最低限だと言ったな？　その必要最低限はお前の都合であって、盗まれた人達からすれば死活問題だったらどうするつもりだ？　もしも、お前達が作物を盗んだせいで盗まれた人達が食べるのに困って死んだら責任を取れるのか？」

「そ、それは……貴族が……」

「貴族に恨みがあるのは十分に理解した。だからと言って人のものを盗んでいい道理にはならない」

「ぁ……ぅ……」

反論することもしなくなった子供へレオルドが近づこうとした時、飛び込んでくる影が一つ。

咄嗟《とっさ》に後ろへと飛び退《の》いてレオルドは、飛び込んできた影に目を向ける。

「お前は……」

「何卒《なにとぞ》、何卒お許しください、貴族様」

飛び込んできたのは餓狼の牙にいたカレンと呼ばれる少女であった。カレンはレオルドと子供の間に飛び込むと、二人を引き離してからレオルドへ向かって土下座をした。

（あー、事を荒立てたくないんだな……てか、この子がいるってことはジェックスも近くにいるな）

レオルドはバルバロトへと視線を向ける。目が合ったバルバロトは首を縦に振り、レオルドが何を伝えたいかを理解した。対して、シャルロットはと言うと呑気《のんき》に欠伸《あくび》をしている最中であった。

「もう一人隠れているだろう。出てこい」

隠れているジェックスに向けてレオルドは言葉を発する。

しかし、ジェックスは出てこようとしない。

「俺が気付いてないとでも思っているのか？　だとしたら、随分と舐《な》められたものだ」

これだけ言っても出てこないジェックスに痺《しび》れを切らしたレオルドは彼が隠れているであろう方向に向かって魔法を放つ。すると、魔法を避《よ》ける為にジェックスが姿を現した。

「やっと、姿を見せたか」

「本当に気がついていたのかよ……」

茂みの陰から現れたジェックスにバルバロトが驚いた声を出す。

「お、お前は……餓狼の牙のジェックス！」

「ちっ……！　あの時の騎士がいるから出たくなかったんだよ」

できれば出てきたくなかったジェックスはバツが悪そうに後頭部をかいていた。

そんなジェックスにレオルドは分かりきった質問を投げる。

「そうか。それで、何の用だ？」

「はっ！　いちいち言わなきゃ分からねえか？」

「いいや。大方、そこの子供達を助けに来たのだろう？」

「そこまで分かってるなら話が早え。今回は見逃してくれねえか？」

厄介事は避けたいジェックスの提案にバルバロトが怒鳴り声を出した。

「なっ！　貴様、自分がなにを言っているのか分かっているのか？」

「分かってるに決まってるだろ。なあ、頼むよ、領主様。今回はガキ共が盗みを働いちまったけど、悪気はなかったんだ。だから、な？」

（許すのは簡単だけどなぁ……しかし、これは絶好の機会では？　だって、ジェックスは本来ならジーク達に負けて処刑される。そして、ジェックス達が持っていたアイテムはジーク達のものになる。その中には、運命48に三つしか存在しない蘇生《そせい》アイテムがある。

俺が手に入れられるとしたら、ジェックスが持っているフェニックスの尾羽しかない）

目を瞑《つぶ》り、静かに考え込んでいたレオルドは目を開く。固唾を呑《の》んで見詰めていた、ジェックスに緊張が走る。

「……条件がある。それに従うなら今回の件は見逃そう」

神妙な面持ちでレオルドはジェックスにとある条件を突きつける。

「ジェックス。俺の配下になれ」

その条件にジェックスだけでなく、カレンにバルバロトと子供達が大きく目を開いて驚いていた。当のジェックスも困惑しながら、目の前の男《レオルド》に本気なのかと確かめる。

「冗談……で言ってるわけじゃなさそうだな」

「ああ。俺は本気だ。それで、返事を聞こうか？」

「一つ聞きてえ。もし、断ったら？」

「問答無用でお前の身柄を拘束する。だが、子供達は見逃そう」

今回、レオルドは子供達に対して盗んだ作物さえ返せば許すと言っているので、子供達が盗んだ作物を返せば許す気でいた。

しかし、ジェックスの場合は違う。ジェックスは餓狼《がろう》の牙という盗賊団の団長という存在だ。多くの貴族から恨みを買い、国から賞金を懸けられた犯罪者である。

つまり、選択肢はない。

「さあ、どうする？」

「けっ……結局てめえも他の貴族と同じかよ」

悪態をつくジェックスは腰に差していた剣を鞘《さや》から抜いた。ジェックスが剣を抜いた瞬間に、バルバロトがレオルドの前に飛び出す。

「レオルド様、お下がりを！」

「どけ、バルバロト。こいつの相手は俺がする」

前にいるバルバロトをどかしてレオルドはジェックスの前に立つ。

意気込んだジェックスは腰を深く落として強く柄《つか》を握り締める。レオルドはジェックス
が臨戦態勢に入ったことを確認する。もう言葉での説得は不可能。レオルドは自身も腰に
差していた剣を抜き放つ。

「ジェックス。俺に剣を向けることが何を意味するかわかってるんだろうな？」

「わかってるに決まってるだろうが！！！」

怒号と共にジェックスが一歩踏み込んでレオルドへと迫る。力強く剣を振り下ろしてレ
オルドを斬ろうとするが、受け止められてしまう。

それでも、負けじと押し返そうとするジェックスは気迫と共に踏み込んだ。

(クソが！　やっぱりこいつはそこら辺にいる貴族とは違う！)

鍔《つば》迫《ぜ》り合いになっているジェックスは内心で焦っていた。必死に押し返しているはずな

のに、レオルドは微動だにしない。まるで、大人と子供が戦っているかのようだ。

「ジェックス。お前は強いんだろう。だが、はっきり言おう。お前は俺には勝てん」

言われなくてもジェックスにはわかっていた。自分がレオルドに勝てないことくらい。だとしても引くわけにはいかないとジェックスは剣に力を込める。

しかし、無情にもレオルドの方が強い。

ジェックスが歯を食いしばりながら、剣を握っているのに対してレオルドは顔色一つ変えることなくジェックスを押し返す。

「負けられるかよおおおおお！！！」

（ああ、分かってる。お前がここで魔剣の力に頼ることも、諦めないことも。でも、それでも俺には届かない！）

一年以上にも及ぶ、ギルバートとバルバロトとの鍛錬がレオルドをジェックスの手が届かない領域にまで昇華させていた。実戦経験こそ少ないが、それを補うほどの才能がある。ゆえに、レオルドが負ける要素は一つたりともない。

「風よ！　吹き荒れろっ！！！」

ジェックスの咆哮《ほうこう》に応える魔剣の刀身が淡い緑色の光を放つ。そして、次の瞬間荒れ狂う暴風がレオルドを襲う。

「なるほど。こういう風になっているのか」

「な、なんで吹き飛ばねえ!?」

本来ならば、暴風によりレオルドは吹き飛ぶはずであった。

しかし、レオルドは運命48《ゲーム》で知っている。ジェックスが持つ魔剣の能力を。そして、対処方法を。ならば、レオルドが無傷なのは当然のことであった。

「いったい、どうやって……?」

「障壁を張っただけに過ぎない。ただ、少し形を変えたがな」

レオルドは暴風が放たれる前に障壁を自身の前に張り巡らせた。ただ、形を丸くして風を受け流すようにだ。運命48でも同じ方法で主人公《ジークフリート》がジェックスの魔剣による風を防いでいた。

(簡単にやってるけど、あの土壇場でできる人間がどれだけいるかわかってるのかしら?)

二人の戦いを見守っていたシャルロットはレオルドが咄嗟に張り巡らせた障壁を称賛していた。レオルドは簡単にやってみせたが、本当はとてつもなく難しい。

そもそも、障壁を丸くするという発想は普通なら出てこない。障壁とは壁であるため、四角という認識だからだ。

もし、普通の障壁を張っていたなら吹き飛ばされていただろう。

「馬鹿な……ッ!　そんなことで風を防いだっていうのかよ……!」

動揺を隠せないジェックスは震える声を出しながら、レオルドを睨《にら》みつける。しかし、それがいけなかった。動揺して固まっているジェックスは格好の的である。レオルドは目にも留まらぬ速さでジェックスに近づき剣を弾《はじ》き飛ばした。

「はあっ!?　な、なにが……？」

「さて、どうする？　ジェックス、続けるか？」

もう何がなんだかわからないジェックスはただレオルドを見る事しか出来なかった。

魔剣を失ったジェックスは一瞬我を忘れるが、すぐに正気を取り戻す。

「まだだ！　まだ負けたわけじゃねえ！！」

魔剣を失ってもジェックスは負けを認めない。ジェックスは握り締めた拳をレオルドに向けた。

まだ、完全に戦意を失っていないジェックスを見てレオルドは口の端を吊《つ》り上げる。

「ふっ……よく吠《ほ》えた！　ならば、その心！　俺が完全に打ち砕こう！」

笑うレオルドは手にしていた剣を投げ捨て、ジェックスと同じように拳を握り締めた。

それを見たバルバロトは驚きに目を見開き、カレンと子供達《たち》は大きく口を開いている。

そして、レオルドを見たジェックスは戸惑う素振りを見せたが、彼があまりにも堂々としているのを見て覚悟を決めた。

「はっ！　負けたときに言い訳すんじゃねえぞ！」

「愚問だな。俺は負けんよ」

「その余裕がどこまで持つかなっ！」

身体強化を施したジェックスが目にも留まらぬ速さで動き、レオルドの懐へ侵入する。

拳打《パンチ》の射程圏内に入ったジェックスはレオルドの顎に狙いを定めて拳を突き上げる。

しかし、レオルドには当たらない。拳を避《よ》けたレオルドはジェックスの顔面を目掛けて鋭い一撃を放つ。その一撃は直撃するかと思われたが、ジェックスに紙一重で避けられてしまう。

頬を掠《かす》めるレオルドの拳に内心で冷や汗をかきながらもジェックスは間を置かずに攻める。

しかし、ジェックスがどれだけ苛烈に攻めようともレオルドに拳が当たることはない。

それは、レオルドが普段からギルバートという尋常ならざる実力者と鍛錬を積んでいるからだ。ジェックスが弱いというわけではない。単純にレオルドが強いだけだ。

（クソがっ！！！　涼しい顔しやがって！）

一向に攻撃が当たらないジェックスは内心で焦り始めていた。どれだけ拳を突き出そうとも避けられてしまう。それは、確実にジェックスの神経を削っていた。

次第にジェックスの動きが鈍くなる。神経をすり減らしていたのもあるが、ムキになって激しい動きで攻め続けていたので体力が減っているのだ。

ジェックスの動きが鈍くなってきたことに気がついたレオルドは拳を受け止める。

「どうした？　動きが鈍くなってるぞ」

簡単に拳を受け止められた上に呆《あき》れたような目をするレオルドを見たジェックスはギリッと歯軋《はぎし》りをして金的を狙う。

だが、そのように浅はかな考えなどレオルドに通用しない。金的に放ったジェックスの足はレオルドによって止められる。

「はあ……拍子抜けだ。この程度で俺に勝とうとしたのか？」

「ぐっ！っるせえ！！！」

なんとかレオルドの拘束を振り払ってジェックスは距離をあける。怒りと疲れから肩で息をするジェックス。それを見たレオルドはこの辺が潮時かもしれないと考え始める。

（う～ん……。思ったより強くなかったな。いや、普通に強いんだけど、多分俺やバルバロトみたいに鍛錬をする相手がいなかったんだろうな……）

たった一人でここまで強くなったのだから十分に強いと言えるだろう。ただ、悲しいことにジェックスには師匠と呼べるような存在も、切磋《せっさ》琢磨《たくま》する相手もいなかったのだろう。

そのことが、とても勿体《もったい》ないと思うレオルド。

だが、同時にそれほどの才能を秘めているジェックスをどうしても配下に加えたいと思うのだった。

「ジェックス。ここまでやってわかっただろう！　お前に俺は倒せん！」

「そんなことやってみなきゃわからねえだろうが！！」

「まだ言うか！　ならば、見せてやろう！　俺とお前の差を！！！」

そう言うとレオルドの姿がブレる。ジェックスは直感でその場から離れようとするが、それ以上にレオルドが速い。ジェックスは眼前に現れたレオルドに驚く。レオルドはギルバート直伝の踏み込みで渾身《こんしん》の一撃を繰り出す。

ボッという空気を貫くような音がジェックスの耳に届いた時、頬を掠めるようにレオルドの拳が放たれていた。

ここでジェックスは確信した。決して勝てないということを。目の前にいる男《レオルド》は敵《かな》わぬ相手だと。

そして、今の今まで手加減という名の慈悲を与えられていたことを知ったジェックスは完全に心が折れてしまい、がくっと地面に両膝をつける。

地面に両膝をつけたジェックスへ近づくレオルドが声を掛けようかとした時、子供達を守っていたカレンが飛び出してきた。

「お願い、殺さないで！」

「何を勘違いしている。俺はジェックスを殺すつもりはない」

「え？」

呆気《あっけ》に取られるカレンを避けてレオルドは完全に戦意をなくしているジェックスへ声を

掛ける。

「ジェックス。選べ。俺の配下になるか。国へ突き出されるか」

「……」

「お前が貴族をどう思っているかは知っている。だが、それでも俺はお前には配下に加わってほしい」

「どうして、そこまで……」

「餓狼《がろう》の牙を纏《まと》め上げたお前の統率力、その類まれなる戦いの才能。そして、なにより他者を思いやる心だ。これだけの男を失うにはあまりにも損失が大きい。だから、是が非でも俺の配下にほしい。どうだ、ジェックス？　俺の配下にならないか？」

「…………俺は貴族が嫌いだ。あんたは他の貴族と違うのか？」

「それはお前の目で確かめろ」

「…………ガキ共と仲間の面倒を見てくれるなら従おう」

「おお！　それくらいなら全然構わんぞ！　これから、よろしく頼むな。ジェックス！」

悪意の欠片《かけら》もない笑顔を見せるレオルドに握手を求められたジェックスは毒気を抜かれる。

まだ、信じる事は出来ないがレオルドならば信じてもいいかもしれないとジェックスは彼の手を取るのであった。

無事にジェックスを配下にする事が出来たレオルドは満足そうに微笑《ほほえ》んでいた。

しかし、問題は山積みである。なにせ、ジェックスは餓狼の牙として多くの貴族から恨みを買っており、国から賞金を懸けられている賞金首なのだ。簡単に話は終わらない。

だが、レオルドには他者の追随を許さない功績がある。その功績を盾にレオルドは餓狼の牙を配下に加えるため、国王と交渉するつもりでいる。

それは難しいかもしれない。今回の件は一筋縄ではいかないのだ。餓狼の牙に被害を受けた貴族達が黙ってはいない。必ず、レオルドの考えを否定することは間違いない。

いくら、国王といえどもレオルドだけを贔屓《ひいき》するわけにはいかない。どれだけレオルドが功績を挙げて発言力を得ようとも、一人では限界がある。徒党を組まれてはレオルドも太刀打ちは出来ないだろう。

（あっ……！　ジェックスが持ってるアイテムについて聞かなきゃ！）

とても重要なことを思い出したレオルドは、子供達のところにいるジェックスへと近づく。

「ジェックス。一つ訊《き》きたいんだが、お前達が盗んだものはどこにある？」

「ん？　ああ、俺達のアジトに隠してあるが、いくらかは元の持ち主に返している」

元の持ち主とは貴族や商人に家宝や形見を騙《だま》し取られた人達のことだ。レオルドはそのことを聞いて、動揺する。

（マ、マジか!?　ふ、不死鳥の尾羽はあるよね!?　そこ重要だからな！　超重要だからな！！！）

運命48にある三つの蘇生《そせい》アイテム、不死鳥の尾羽。本来ならば、主人公であるジークフリートが手に入れる事になっているが、レオルドがジェックスを配下に加えたので物語は変わった。もっとも、レオルドが変わり始めてから変わっているので今更である。

「なにか探し物でもあるのか？」

「ん……む。まあ、な」

少々、言い辛《づら》そうにしているレオルドを見てジェックスは怪訝《けげん》な目を向ける。怪しまれているレオルドは気まずそうに目を背けるが、耐え切れずに白状してしまう。

「その……お前達が盗んだものの中に不死鳥の尾羽があるという事を聞いてな……」

「あ～、あるにはあるが偽物だと思うぞ？　俺達が襲った商人が持ってたけど、そいつは贋作《がんさく》やガラクタを平民に騙して売るような詐欺師だったからな」

「な、なに!?」

餓狼の牙が不死鳥の尾羽を持っていることは知っていたが、そのような背景があるとは知らなかったレオルドは本気で驚いていた。

（えっ？　でも、ゲームじゃ普通に使えてたし……本物だよな？　もしかして、俺が色々と変えたから不死鳥の尾羽もなかったことになってる？　だとしたら、俺はどうすればいい？　唯一、俺が手に入れられる蘇生アイテムだってのに……！　いいや、諦めるな。まだ、偽物だと決まったわけじゃない。ジェックス達もわからないだけで本物の可能性だってあるんだ。だけど、本当に偽物だったら？）

一度、疑ってしまうと不安がどんどん募っていく。腕を組み、頭を抱えるレオルドは沈黙してしまう。

そこにシャルロットが近寄って、悩んで頭を抱えているレオルドの頭にチョップを食らわせる。

「あたっ？　シャルか。何か用か？」

「何か用か？　じゃないでしょう？　見なさいよ。あなたが腕を組んだまま黙っちゃったから、みんなどうすればいいか困ってるじゃない」

そう言われたレオルドが周囲を見回すと、困ったように笑うバルバロトに難しい顔をしているジェックスやカレンがいた。これは、流石《さすが》に申し訳ないことをしてしまったとレオルドは一言謝る。

「すまない。ひとまず、子供達が盗んだ作物に関して話をしよう。これについては、最初に言ったが罪には問わない。ただ、盗んだ作物はどこにあるのか教えてほしい」

この言葉に子供達が反応する。明らかな動揺を見せる子供達にレオルドはどう接すればいいのかと困っていると、ジェックスが子供達へ話しかける。

「おい、盗んだ作物はどこに隠した？」

「え……えっと……」

「俺は怒ってるんだ。お前達《たち》には教えたよな？　人の物は盗んじゃいけないって」

（お前がそれ言うのかいッ！！）

盛大にツッコミを入れたい気持ちになるレオルドだがここは堪《こら》える。

「まあ、俺が言えた義理じゃないがな。綺麗事《きれいごと》を言ってはいるが俺は所詮盗賊だ。俺は今まで多くの貴族や商人からものを盗んできた。だから、国から追われてるし、堂々と町も歩けない。結局、俺がやってることは意味がなかったんだ。悪人は懲らしめたところで同じことを繰り返す。俺も同じだ。何も変わらねえ。人のものを盗まないと生きていけない屑《くず》なのさ。だからな、お前らには俺のようになってほしくないんだ。真っ当に生きてほしいんだ。それが、俺の願いだ」

優しい顔をしてジェックスは子供達に言い聞かせる。ジェックスの話を聞き、レオルドに楯《たて》突いた子供が前に出てくる。

「ごめんなさい。盗んだ作物はもうありません」

「そうか。どうして、盗んだか訊いてもいいか？」

「お腹《なか》が減ってたから……だから、少しくらいならいいかなって……」

「そういうことだったか。わかった。なら、俺と一緒に盗んだ人のところへ謝りに行こう」

「うん……」

俯《うつむ》いて泣きそうになっている子供は服をギュッと握りしめている。その姿を見たレオルドは子供の頭に手を置き笑う。

「まあ、安心しろ。いざとなったら俺がなんとかしてやるから」

「ヴん……！」

泣いてしまった子供にレオルドは困ったように笑いながらも、子供達を連れて村へと引き返していった。

子供達を引き連れてレオルドは被害者の家に着いた。ふと、子供の方に目を向けてみると緊張と不安に包まれていることが理解できた。どうやら、作物を盗んだことで怒られるのが怖いらしい。だが、ここは心を鬼にして子供達に現実の厳しさを教えなければならない。

子供達から視線を移動させてレオルドは家の戸を叩《たた》く。すると、しばらくして戸が開く。中から顔を出したのはレオルドに畑の作物が盗まれたことを話した女性であった。

「あ、領主様。何かありましたでしょうか？」

「ああ。実は作物を盗んだ犯人を見つけてな」

「ええっ!?　今朝方、出ていったばかりなのに、もう見つけられたのですか？」

「うむ。それですまないが作物の方は取り戻せなかった。だが、犯人は連れてきた。ただ、どうか責めないでやってほしい」

「え？　それはどういう意味でしょうか？」

戸惑う女性にレオルドは後ろにいる子供達を見せる。それだけで女性は事情を察した。元々、犯人は子供だと断定されていたから、驚きは少ない。むしろ、どうして盗んだかが気になるところだ。

レオルドが一歩下がり、子供達が前に出る。子供達は女性を見上げながら、少し怯《おび》えたが意を決して頭を下げると謝罪の言葉を述べる。

「「ごめんなさい！！！」」

謝罪の言葉を聞いた女性は一度レオルドの方に目を向ける。レオルドは首を縦に振り、女性に任せるといった様子。女性はレオルドから視線を子供達に戻して、腰を下ろして子供達と同じ目線になると子供の頭を撫《な》でた。

「そっか。ちゃんと謝れて偉いね。これからは人のものを盗んじゃ駄目よ？」

「「うん！」」

「じゃあ、お姉さんと約束。もう人のものを盗まないって」

「「わかった！　もう盗まない！」」

「うんうん。じゃあ、許してあげる」

被害者である女性が許すと言って子供達は安堵《あんど》の表情を浮かべるが、一人だけ納得していない様子であった。その子供はどうして許されたのか気になって女性に問いかける。

「あの、どうして許してくれたの？」

「ん？　盗まれた時は驚いたけど、私と夫が食べる分には困らなかったから。それに、犯人が子供だってわかったら、きっとお腹を空《す》かせてるんだろうなって思ってね」

「う……ぁ……ごめんなさい～～～ッ！」

女性の優しさを知って自分達が犯した罪の重さを理解した子供は罪悪感に耐え切れずに泣いてしまう。突然、泣き出してしまった子供を見て驚いた女性であったが、どうして泣いているのかを理解して子供をあやすように抱きしめる。

「君はいい子だね。ちゃんと反省してる。だから、もうやっちゃいけないよ？」

「うん……うん！　もうやらない。約束するよ」

「いい子いい子。その気持ちを大事にしてね」

ひとまず、これで事件は解決した。レオルドは女性へ今後についての話をする。

「今回、盗まれてしまった作物に関しては俺が補塡《ほてん》しよう。それから、金も用意する」

「ええっ!?　いいですよ！　これくらいなら問題ありませんから」

「いいや、俺はこれからこの子達の保護者になる。ならば、責任を取るのは当然だ」

「で、でしたら、盗まれた分だけで結構です！」

「そう言うな。迷惑料だと思って受け取っておけ」

「で、ですが……」

「まあ、そう難しく考えないでくれ。今回の件についてはこれで終わりにしてほしい」

「うぅ……わかりました。領主様がそうまで言うなら有り難く頂戴いたします」

「うむ。では、後日届けさせよう！」

そう言うとレオルドは子供達を引き連れて村を後にする。

村を出ると、村の外で待機していたシャルロットとジェックスとカレンに合流する。子供達は、ジェックスとカレンを視認するとそちらへ走っていく。保護者になると言ったが、レオルドにはまだまだ懐いてはもらえないようだ。

「レオルド様。帰りはどうするんですか？」

レオルドの護衛として側《そば》にいたバルバロトが尋ねる。レオルドはシャルロットに目を向けて、バルバロトへ伝える。

「馬は三頭しかいないが、帰りはどうとでもなる。シャル、俺達全員を転移させることは可能か？」

「ええ～、出来るけど人数増えると転移する時の魔力が増えるのよ～？」

「はあ……わかった。なら、俺と魔力共有するぞ」

「それなら全然いいわよ！」

　現金なシャルロットにレオルドは肩を落としながらも、魔力共有を行った。これで、レオルドとシャルロットの魔力が共有されてシャルロットの負担が減ることになる。

「じゃあ、みんな私の近くに集まって〜」

「触れなくていいのか？」

　いつもならばシャルロットに触れる必要があるのに、近くに寄るだけでいいというのでレオルドは気になって質問した。

「え〜、そんなに私に触りたいの？」

　質問されたシャルロットは茶化すようにレオルドの頬を指でグリグリとする。

「ええい！　鬱陶しい！　質問に答えろ！」

「もう、そんなに怒らなくてもいいのに。ホントは私に触りたいんでしょう〜？」

　いい加減うざくなったレオルドはキッとシャルロットを睨《にら》みつけると同時に電撃を放った。

「ちょ!?　いつの間にそんな技術を身に付けたのよ！」

　予備動作もなく、ただ睨みつけただけで電撃を放ったレオルドにシャルロットは驚きを隠せない。

「ふん。皮肉だがお前のおかげだ」

「もう、そういうところは憎たらしいんだから！　でも、そこも魅力的なのよね～」

「いいから答えろ。どうやって、触れもせずにこの人数を転移させるんだ？」

「まあ、見てのお楽しみよ」

ウインクするシャルロットは手を空に向ける。すると、魔法陣が空中に現れてシャルロット以外の全員が驚く。その魔法陣がゆっくりと降りてきて全員を包みこむと、転移魔法が発動した。

こうして、レオルド達はシャルロットの転移魔法により屋敷へと戻ったのである。

ゼアトの屋敷へと戻ってきたレオルドはシャルロットに詰め寄る。

「お前、いつの間にあのような魔法陣を!?」

「ふふん。あなたが成長しているように私も成長しているのよ」

「……いつか、必ずお前を超えてみせるからな」

「ふふっ、楽しみにしてるわ～」

あまりにも仲がいいのでジェックスやカレンは二人の関係を勘違いしていた。傍《はた》から見れば二人は恋人のように見える。だが、違う。二人は師弟関係であり、友人でもあるのだ。ただ、二人の距離が近いだけだ。だから、知らない人達からすれば恋人に見えてもおかしくはない。

どうしても、気になったジェックスはバルバロトに訊《き》いてみた。

「なあ、あの二人はどういう関係なんだ？」

「あー、そうだな。友人以上恋人未満の師弟関係だ」

「な、なるほど？」

いまいち、よくわからなかったがそういうものなのだと無理やり納得したジェックスは、バルバロトから離れてカレンと子供達の元へと戻る。

「ねえ、あの二人って恋人だったの？」

気になっていたのはカレンも一緒でジェックスに尋ねてみた。ジェックスは眉を寄せて悩んだが、教えることに決めた。

「仲のいい友人みたいな関係らしい」

「じゃあ、私とジェックスみたいなものだね」

「いや、違うと思うが？」

「一緒なの！」

「お、おう」

否定したがカレンの強気な発言に押されるジェックス。そこへ、レオルドが近づきジェックスへ話しかける。

「ジェックス。今いいか？」

「ん？　ああ。なんだ？」

「子供達《たち》はこれで全員なのか？」

今、レオルド達と一緒にゼアトの屋敷に来たのは少年盗賊団の七人だ。レオルドはこれで全員なのかとジェックスに確かめる。もし、まだいるのなら迎えに行く必要がある。出来れば早めに行った方がいいとレオルドは考えていた。

「まだ、俺が世話をしているガキはいる。確か――」

「三十三人。その子達を合わせたら四十人いるよ」

子供達が何人いるかを思い出そうとしたら、すかさずカレンが答えた。四十人と聞いてレオルドはジェックスへ確認の為《ため》に目を向けると肯定するように首を縦に振っていた。

（あー、そういや餓狼《がろう》の牙は非戦闘員の方が多かったんだっけ……）

運命48《ゲーム》での餓狼の牙はジェックスとカレンを含めた戦闘員三十人と住む場所を失った女性や老人や孤児がいる。その数は具体的には運命48では語られなかったが、恐らく相当いると予想される。レオルドはまた土木工事で忙しくなるのだろうと憂えていた。

しかし、ジェックスと約束したのでレオルドは嘆いてばかりはいられないと奮い立つ。

「よし、ジェックス。お前が面倒を見ている仲間と子供を迎えに行くぞ」

「俺が言ったことだが、本当にいいのか？」

「構わん。お前と引き換えなら安いものだ。はっはっはっは！」

「あんた、もしかしてそういう趣味が――」

「殺すぞ。本気《マジ》で」

目にも留まらぬ速さで距離を縮めて睨みつけるレオルドにジェックスは焦る。

「お、おう！　疑って悪かったよ。だ、だからその殺気を収めてくれ」

「俺はちゃんと異性が好きだ。そこのところ、勘違いするなよ。分かったな！」

「あ、ああ。わかったわかった」

これは本気で踏んではいけない地雷だと理解したジェックスはなるべくレオルドにその手の話題を振るのは止《や》めようと誓った。

「とにかく、ジェックス。お前の仲間と保護してる子供達を迎えに行くぞ」

「ああ、わかった。でも、今からか？」

「ここから時間がかかるのか？」

「まあ、馬を走らせても半日はかかるな」

「さっきの村からだとどのくらいだ？」

「あそこからなら、馬を走らせれば一時間もかからないが……まさか？」

「ふっ。シャル！　聞いていたな！　手伝え！」

「え！　また～？」

「頼む。お前の力がどうしても必要なんだ」

「もう、しょうがないわね～」

「ありがとな。また今度礼はするから」

「ほんと、調子がいいんだから……全く」

肩をすくめるシャルロットにレオルドは笑いかける。それを見たシャルロットはやっぱりずるいなと思うのであった。

子供のように純粋な笑顔を見せるレオルドはシャルロットの弱点になりつつある。

レオルドはシャルロットとバルバロトに加えてジェックスを引き連れて、餓狼の牙が保護している子供達と仲間を迎えに行くことにした。

その間、カレンと少年盗賊団の七人は屋敷に預けることにした。その際にカレンが駄々をこねたがジェックスの説得のもと納得して残ることになった。少々、時間が掛かってしまったがレオルド達はシャルロットの転移魔法により村へと戻った。

そこから、馬を走らせる予定だったが馬よりもレオルド達が走った方が速いので走ることになる。しかし、ここで一つ問題が発生する。

「私、走りたくないんだけど？」

「いや、わがまま言うなよ。走った方が速いんだから走るぞ」

「いやッ！　私は走りたくないの！」

「駄々をこねるな！　置いて行かれたいのか！」

「あぁっ！　そういう事言うのね！　じゃあ、私だけ転移で帰るから！　いいのね？」

「ぐっ……」

流石《さすが》にここでシャルロットに帰られると帰りが辛《つら》いのでレオルドは必死に考える。

「どうすればいい……？」

「おんぶして。それなら問題ないでしょ？」

「おんぶか……まあ、それくらいなら」

おんぶ程度ならばいいかとレオルドは妥協してシャルロットを背中に乗せる。しかし、そこで新たな問題が発生する。それは思春期男子にとってはどうしようもないことだった。艶《なま》めかしい豊満な肉体を持つシャルロットの体が密着するのだから、レオルドは股間が荒ぶってしまう。

（うおおおおおおっ！　鎮まれ俺の息子よ！）

ちなみにシャルロットはレオルドの様子が変わった事を察して、もっと密着するように体を押し付けた。

（んっふふふ～。レオルドもなんだかんだ言って男の子なのよね～。かわいい反応しちゃって）

内心楽しんでいるシャルロットはレオルドの反応を見ては面白おかしく笑うのであった。

レオルドはシャルロットをおんぶしてバルバロトとジェックスを引き連れ、餓狼の牙が保護している子供達がいる場所へと向かった。辿《たど》り着いた場所は、森の奥深くにある廃れた教会を中心に古い小屋がいくつかある場所であった。

「ここは廃村か？」

「ああ。偶然、見つけてからずっと使わせてもらっている」

（こりゃ見つからんわけだ）

感心するレオルドは背中に乗せているシャルロットを下ろしてジェックスの後をついていく。ジェックスが廃れた教会に向かうと、中から子供達が飛び出してくる。ジェックスへ群がるように飛びつくのを見てレオルドは彼が慕われているのだなと感心していた。

そして、廃れた教会から子供達に遅れてシスター服を来た女性が出てくる。レオルドはその女性に見覚えがあった。その女性は運命48に出てきたモブキャラの一人であったのだ。

（確か少年盗賊団を引き取った人だ……そうか、孤児院の真似事《まねごと》してるんだな）

ジェックスはどのように説明をするのだろうかとレオルド達は事の成り行きを見守る。

「みんな、聞いて欲しいんだ。実はこれから俺はあの人に仕えることになった」

そう言ってジェックスが指を差す先にいたのはレオルドである。子供達とシスター服の女性がレオルドを見ると明らかに顔色が変わった。

その反応を見たレオルドは少し悲しくなった。自分が傷つけたわけではないが、貴族であるだけで恐れられるのは辛いものがある。

「みんなの気持ちはわかる。だけど、俺を信じてほしい」

ジェックスの言葉に周囲の反応はいまいちだ。やはり、いくら慕われていると言っても悪徳貴族や詐欺商人のせいで不幸な目にあったのだから、そう簡単には信じられないだろう。

ここはレオルドも加わって説得するべきかと思われたが、むしろレオルドが加わると余計に話がこじれる。ジェックスだからみんな耳を傾けているのだ。レオルドが相手だったなら、話を聞くどころか姿を見せることすらしなかったに違いない。

どうするのかとレオルドはジェックスを見守る。ジェックスは子供達にシスター服の女性があまりいい反応を見せないことに困っていた。

しかし、ここでジェックスが諦めては全てが無駄になる。ならば、ここは罵詈雑言《ばりぞうごん》を浴びることになろうともレオルドは説得することを決めた。

「ジェックス！　ここは俺に任せろ」

「え？　でも、いいのか？」

「構わんさ。俺は嫌われるのに慣れているからな」

慣れていると言っても傷つかないわけではない。だけど、今は他に手がない。

「聞け！　我が名は、ここゼアトの領主をしているレオルド・ハーヴェストである。諸君らが、ジェックス率いる餓狼の牙に保護されていることは聞いている。だが、その餓狼の牙は俺の配下となった。故に諸君らも我が配下である為、俺の命令には従ってもらおう。

逆らうと言うなら、こちらも相応の手段を取らせてもらう！」

　ジェックスが帰ってきたと知って小屋の中にいた老人たちや女性と言った非戦闘員達は外に出てきたがレオルドの話を聞いて、絶望している。また、貴族の言いなりになって搾取されることに嘆いていた。

「ふ……ふざけるなっ！　お前ら貴族のせいでどれだけ儂等《わしら》が苦しんだと――」

「黙れっ！！！　貴様らの文句など聞きたくないわ！　嫌ならこの土地より去るがいい！」

「な……ジェックス！　お前、こんなやつの言いなりに――」

「何様だ、貴様！　今まで世話になっていたくせにジェックスが俺の配下になった途端に責めるのか！　俺の部下を愚弄するということは俺に対する侮辱だぞ！　その首切り落としてやろうか！！！」

「ひっ……！」

　文句を言っていた老人はレオルドの剣幕に恐れをなして腰が抜けてしまい尻もちをついた。

「お前達に二つ選択肢をやる！　一つはジェックスと共に俺のもとへ来るか。そして、もう一つはここゼアトから出ていくことだ！　どちらかを選べ！」

　それだけ言うとレオルドは離れた場所へ移動する。遠くにいったレオルドを見てジェックスの元に集まった者達は相談する。レオルドに従うか、ここから離れるかを。

ただ、ここから出ていくとなったら次に住む場所のあてなどない。そして、守ってくれるジェックスもいないので魔物に襲われて死ぬかもしれないし、運良く次の土地を見つけても頼りになる者はいないのでどの道死んでしまうかもしれない。

つまり、選択肢などないのだ。

結局、死にたくはないのでレオルドの配下に加わることを決めた。文句はなかったが、その態度はあからさまにレオルドを敵視している。いつか、反乱でも起こされるかもしれないがその心配はないだろう。

ジェックスという存在がいたから、今まで生きてこられたのだ。そのジェックスがレオルドに従っているのだから反乱を起こそうにも力がない。

(甘いな……。結局、俺が彼らを養っていくんだから。まあ、ゼアトの発展のためにも彼らには頑張ってもらおうか)

老人たちは正直労働力としては微妙だが、先人としての知恵があるかもしれないので期待出来るかもしれない。ただ、過度な期待は出来ないだろう。

レオルドはため息を吐《つ》いて、ジェックス達を連れて戻ることにした。

餓狼《がろう》の牙の非戦闘員を引き連れてレオルドはゼアトへと帰ってきた。ひとまず、彼らをどうするかと悩んだレオルドは建設していた集合住宅へ案内することにした。誰がどこに住むかを決めて書類に纏《まと》める。

「あ、あの私達《たち》お金は持っていないのですが……」

いきなり案内された場所は真新しい新居で餓狼の牙に保護されていた人達は不安に震えていた。何を要求されるのだろうかとレオルドを見て怯《おび》えている。

「金については後でいい。しばらくはここで生活の基盤を整えろ。足りないものがあれば用意しよう。言っておくが、ずっとは無理だからな。いずれは働いて返してもらうぞ」

「そ、それは全然構わないのですが、そこまでの施しを貰《もら》ってもよろしいのでしょうか？」

「礼ならジェックスに言うんだな。俺はジェックスとの約束を果たしただけに過ぎん」

その事を伝えると保護されていた人達はジェックスにお礼を述べている。ただ、やはりまだ何かあるのではないかと疑っている。ジェックスのことは信じられてもレオルドのことはまだ信じ切る事が出来ないようだ。何か裏があるに違いないと思っていた。

（はあ……あれ絶対疑ってるよな）

ちらちらとこちらを窺《うかが》うような視線に気付いたレオルドは分かっていたとはいえ面倒だなと肩を落とすのであった。

とりあえず、餓狼の牙に保護されていた人達に新居を与えた後、レオルドはジェックスに今まで餓狼の牙が盗んだものについて訊《き》くことにした。

「ジェックス。お前達が盗んだものについてなんだが、すぐに取りにいけるか？」

「いいや。ちょっと、難しいな。盗んだものは別の場所に隠してるからな」

「先程の場所よりもか？」

「ああ。だから、すぐには無理だ」

「そうか……。なら、お前には何をしてもらおうか……」

腕を組んだレオルドはジェックスに何をさせるべきかと思い悩む。そこで、一つレオルドは思いついた。

「ジェックス。お前は盗賊をやってたんだから隠密《おんみつ》行動とか得意か？」

レオルドはジェックスを自身の隠密部隊として起用しようと考える。今まではギルバートに情報収集などさせていたが、餓狼の牙が配下に加わったのだからより多くの情報が集まるのではと考えた。

「まあ、苦手ではないけど……俺は基本戦うのがメインだったからな〜」

「じゃあ、誰が情報とか集めていたんだ？　お前達が襲撃する相手は悪党ばかりだったが、誰がそういった情報を？」

「ああ、それは基本カレンだな。あいつはスキルが隠密に向いてたからな」

「どんなスキルか訊いてもいいか？」

「構わねえよ。あいつのスキルは『無音《サイレント》』だ」

（あれ？　それってギルも持ってた気が……）

スキル、無音とは文字通りの能力で、自身を中心に半径一メートルを無音状態にする。つまり、足音などを消す事が出来る。窓ガラスを割って入ってもバレることがないので隠密行動には最適なスキルの一つである。

そして、効果範囲に他の人間が入れば同様の効果を得る。ギルバートはこのスキルを駆使して伝説の暗殺者《アサシン》へと至ったのだ。ちなみにギルバートの無音の範囲は五メートルである。これは使用者の熟練度によって変わってくるのだ。

「ふむ……ならば、カレンを諜報員《ちょうほういん》として起用しよう。お前はその統括だ」

「統括ってどういうことするんだよ？」

「まあ、基本は餓狼の牙でやってたことだ。そう難しいことではない」

「つまり、あんたの手足となって情報を集めたりすればいいんだな？」

「そういうことだ。あー、だがカレンが断ると言うならこの話はなしにしてくれても構わん」

「いや、俺が頼めばやってくれると思う。だから、安心していいぞ」

「ん、そうか。なら、頼もう」

これでレオルドは新たに餓狼の牙という諜報部隊を手に入れた。しかし、このことを国王にどう報告するべきかと、とても思い悩むことになる。なにせ、餓狼の牙は犯罪者集団だからだ。レオルドはなんとかして、他の者を黙らせる材料を早急に手に入れるべきだと考えた。

（自動車を完成させれば……いや、まだ弱いか？　転移魔法並の功績は難しいな。待てよ？　ジェックス達に貴族の弱みを探らせて脅す方がいいか？　元々、ジェックス達は貴族に恨みを持ってるから丁度いいかもしれないな）

　方針が決まったレオルドはジェックスに提案する。

「ジェックス。仲間と共にいくつかの貴族の情報を集めてほしい。そうだな。お前達が襲った貴族がいい。お前達が俺の配下に加わったと知ったら何をしてくるかは分からんが、ろくなことにはならないからな」

「ははっ。それくらいならお安い御用だ」

「報酬は弾む。ただ、お前は盗んだものの案内だがな！」

「分かってるって。そんなに欲しいのか？」

「当たり前だ！」

　運命48《ゲーム》で存在している三つの蘇生《そせい》アイテムの内の一つが後少しで手に入るかもしれないというのだから、レオルドが必死になるのも仕方がないだろう。レオルドにとってはそれこそが最重要事項なのだから。

　運命に抗《あらが》い、死亡エンドを回避するために今まで頑張ってきたのだ。今では忘れがちになっているが本来の目的は死亡エンドを回避して生き延びること。領地改革も大切であるが、それだけは譲れないレオルドであった。


数日後、残っていた餓狼の牙の構成員を集め終えたレオルドはジェックスとシャルロットの三人で餓狼の牙が盗んだものを隠しているというアジトへと来ていた。

「ここか……」

「ああ。この中にある。ただ、数が多いから持って帰れるか心配なところだ」

「安心しろ。シャルが魔法の袋を持っているから問題ない」

「魔法の袋ってなんだ？」

「ああ、そういえばお前は知らなかったな。魔法の袋とは古代の技術で作られた何でも入る袋だ」

「そんな便利なものがあるのか!?」

「まあな。だが、一つしかないけどな」

「それでも十分じゃないか。でも、知られたら他の貴族が黙ってなさそうだな」

「それなら、問題ない。シャルに手を出すやつはいないからな」

「どうしてだ？」

「お前は知らないが、シャルは世界最強の魔法使いだ。こいつに手を出そうものなら死を意味するからな」

「な……！　そんなに強いのか？　大将よりも？」

この数日の間にジェックスはレオルドのことを大将と呼ぶようになっていた。

「近接戦闘なら負けないが、今のシャルは転移魔法が使えるから容易には近づけない。まあ、近づけてもシャルが張り巡らせてる何十にも重なっている障壁を突破しなければならないから、やはり無理だろうな」

「マジかよ……！　大将よりも強いのがまだいるなんて」

ジェックスはレオルド達と鍛錬をするようになって世界の広さを知った。ギルバートの強さに度肝を抜かれ、一度は勝利したはずのバルバロトに完膚なきまでに負けて、その二人と互角以上の戦いを繰り広げているレオルドにジェックスはどれだけ驚いたことだろうか。

そして、その三人よりもまだ強い人物がいたことにジェックスは改めて自分が狭い世界に生きていたことを思い知った。

（はっ……俺は馬鹿だったな。こんなにも強い奴《やつ》らがゴロゴロいるのに国を変えてやろうと意気込んでたなんて……）

どの道、ジェックスが餓狼の牙として活動していれば主人公《ジークフリート》に負けていただろう。そう考えればレオルドに敗北して、配下になることで生き延びる事が出来たのだから運が良かったのだ。レオルドなんてどう足掻《あが》いても死ぬかもしれないのだから。そういう意味ではジェックスは本当に運がいい。

ただ、レオルドはその最悪な結末を回避するために今頑張っているのだ。

「ジェックス。不死鳥の尾羽はどこにあるんだ？」

「それならこっちだ」

案内されるレオルドは期待に胸を膨らませる。ついに、念願の蘇生アイテムの一つである不死鳥の尾羽をその目にする事が出来るのだ。死を覆す奇跡の所業を成せる不死鳥の尾羽。いよいよ、ご対面の時だ。

「これが、不死鳥の尾羽だ」

ジェックスが取り出してきたのは小さな黒い箱。蓋を開けると、そこには真っ赤な毛布のような緩衝材の上に置かれた美しいオレンジ色の羽があった。

それをレオルドは両手ですくい上げるように持ち上げると、顔を近づける。

「おお……これが伝説の不死鳥の尾羽か。死者を蘇《よみがえ》らせると言われている伝説の……」

感動しているレオルドは不死鳥の尾羽に夢中である。

（見た目は運命48で見たのと同じだな。でも、どうやって使うんだろ？　ゲームだったら仲間が死んだ際に選択肢として現れて決定を押すだけなんだけど、現実だとどうやって使うんだ？）

肝心なことを忘れていたレオルドは不死鳥の尾羽を見ながら首を捻《ひね》っている。首を傾《かし》げるのを見たジェックスがレオルドに話しかけた。

「どうかしたか？　やはり、偽物だったとか？」

「え！　いや、そういうわけじゃない。だいたい、俺も本物を見たことがないから区別はつかんさ」

「そうか……まあ、それは大将にやるよ。俺には必要ないしな」

「えっ!?　いいのか!!」

とんでもない発言にレオルドは驚きの声を上げる。そのままジェックスへと詰め寄り、本当に貰ってもいいのかと確かめる。

「あ、ああ。だいたい、それが本物かどうか怪しいし、今は大将のおかげでガキ共も飯には困ってないからな。構わねえよ」

「おお！　そうか！　なら、遠慮なくもらおう！」

不死鳥の尾羽を手に入れたレオルドは小躍りするくらい喜んでいた。その様子を見ていたシャルロットがレオルドに近づく。

「ねえ、私にも見せてよ～」

「ん？　別に構わんが落としたりするなよ」

「心配しすぎよ。それに落としたところで壊れるようなものではないでしょう？」

「む。まあ、たしかにそうなんだが……念《ねん》の為《ため》だ」

「はいはい。わかったわよ」

少し不安だがレオルドはシャルロットに不死鳥の尾羽を渡した。不死鳥の尾羽を受け取ったシャルロットは色々と観察してみたが、大したことはないとレオルドへすぐに返す。

そして、レオルドへ近づくと防音結界を張りジェックスに聞かれないようにしてから話しかけた。

「ねえ、ゲームでもそれは本当に不死鳥の尾羽だったの？」

「ああ。そうだが、なにかおかしな点でもあったか？」

「う～ん……微弱な魔力は感じるけど、本当に不死鳥のものなのか怪しいのよね」

「もしかして、お前は不死鳥を見たことがあるのか!?」

「ないわ。でも、伝説の不死鳥の尾羽がこの程度の魔力だなんて信じられないってことよ」

「しかし、ゲームではな……」

「まあ、過度な期待はやめておくことね～」

ひらひらと手を振りながらシャルロットがレオルドから離れていく。レオルドはシャルロットの背中を見た後、手の中にある不死鳥の尾羽を見詰めるのであった。

エピローグ

不死鳥の尾羽を手に入れてから、一週間ほど経過していた。書類仕事に勤《いそ》しむレオルドは時折ぼんやりと考えることが多くなった。

(不死鳥の尾羽を手に入れたけど、本物だっていう確証がないから結局安心は出来ないってわけか……)

蘇生アイテムを手に入れて死ぬ未来を回避できると狂喜乱舞したかったが、曖昧なものとなっており結局安心する事は出来なかった。

(振り出し……ってわけじゃないけど、新しい対策を考えなきゃな)

まだまだレオルドは死ぬ未来を回避するために、あらゆる可能性を探さなければならない。なにせ、必ず死ぬのだから。どれだけ理不尽だろうと生き残ると決意したのはレオルドだ。ならば、ここで諦めるわけにはいかないだろう。

ぼんやり考え事をしていたが手はしっかりと動いており、レオルドは書類仕事を終えると息抜きのために自動車製造の工場へ向かう。

現在、自動車製造はマルコ主導の下《もと》に進んでおり、あとは耐久性を上げるだけとなっていた。性能テストでは時速百キロを超えたところまで確認できている。しかし、走行距離が短いので、まだ商品として売るわけにはいかなかった。

今後の課題として走行距離一万キロを目標にしている。最低でもそれだけ走ってもらわなければならないだろう。馬車に代わり、新たな移動方法として確立するためには安全性や耐久性は必須である。

（自動車が完成したら個人用にバイクでも作るかな……）

まだ完成の目処《めど》も立っていないのに呑気《のんき》なことを考えているレオルドは工場に顔を出して、マルコを含めた作業員達《たち》と少しだけ雑談をしてから工場を後にした。

次にレオルドが向かったのは建設中である孤児院だ。発案はレオルドだったが、流石《さすが》にレオルドの仕事量を考えれば任せるのは無理なので王都から土魔法の使い手を集めて、孤児院のデザインを考えたサーシャに任せていた。

どの程度、出来上がったかを確かめるためにレオルドは現場に顔を出す。孤児院はまだ出来上がっていなかったが、サーシャ監督の下順調に作業は進んでいた。これならば、近い内に完成するだろうと満足したようにレオルドはその場を後にする。

そして、最後に着いたのは現在進めている区画整理をしている現場だ。少しずつではあるがゼアトに移住者が増えてきているので、居住区を増やす必要がある。なので、今のゼアトでは最優先で事業を進めている。

本来なら年単位でかかる作業も魔法を使えばすぐに終わる。とは、言っても更地に変えるのは一瞬だが、建造物を作るのは時間がかかる。サーシャのデザインを基に作業員達が一つ一つ丁寧に作っているが、精密な作業なので苦労している。

それでも、いいものにしようと一生懸命頑張ってくれているのだからレオルドとしては大助かりだ。それに、作業員の大半はゼアトに移住希望をしている。なら、力が入るのも当然と言えるだろう。完成が非常に楽しみなところである。

息抜きとして色々な現場を見回っていたレオルドは屋敷へと戻る。いつの間にか溜《た》まっている書類を目にして苦笑いを浮かべながらもレオルドは書類を手にとる。シェリアに紅茶を淹《い》れてもらい、ゆっくりと書類を片付けていくのであった。

その夜、レオルドはシャルロットと一緒に転移魔法でゼアトから遠く離れた森の中に来ていた。いつものように魔法の鍛錬である。

「さあ、いつでもいいわよ～」

「行くぞ！」

開始の合図はなく、シャルロットが手招きをしてから始まる。レオルドは一切の容赦なくシャルロットに向けて魔法を放つ。

「ライトニング！」

空から一条の光がシャルロット目掛けて落ちるが、障壁に阻まれて散ってしまう。そこへレオルドが近づき、物理攻撃に切り替えるがシャルロットは物理障壁、魔法障壁の同時展開をしているので攻撃が当たることはない。

「ちっ！」

舌打ちをするレオルドはシャルロットから距離を取るように離れる。その際に何発か魔法を放つが全て障壁の前に消えてしまう。

「睡眠《スリープ》」

「ッッッ！！！」

闇属性の魔法で対象を強制的に眠らせる魔法を受けたレオルドは強烈な眠気に襲われる。しかし、すぐさま首を激しく振って眠気を吹き飛ばした。

それは悪手である。シャルロットから目を離すということは、戦いの最中にやってはいけないことであった。

レオルドがシャルロットに目を向けた時には姿が消えていた。シャルロットはレオルドの睡眠が効かなかった時に転移魔法で視界の外側へと逃げていたのだ。世界最強の魔法使いを視界から逃してしまったのは痛恨のミスである。

探査魔法を駆使してシャルロットの姿を探すレオルドに数え切れないほどの魔法が飛来する。それらを視認したレオルドは障壁を張り巡らせて全力で防御に力を入れる。森の中に爆発音が鳴り渡り、爆煙がレオルドの視界を埋め尽くす。

（落ち着け。探査魔法で探せばいい…………見つけた！）

魔力の反応を見つけたレオルドは一気に駆ける。爆煙を抜けた先にシャルロットの姿を見つけたレオルドは、さらに加速して拳を叩《たた》きつける。

だが、それは囮《おとり》であった。

レオルドが殴ったのはシャルロットそっくりの土人形であった。崩れる土人形を唖然《あぜん》と見詰めて固まるレオルドの背後にシャルロットが現れる。

「しまッ――」

「駄目よ～。油断しちゃ」

「がっ!?」

至近距離から魔法を受けたレオルドはその場に膝をつく。意識を失うことはなかったが、しばらく動けそうにない。やはり、まだまだシャルロットには勝てそうにない事がわかった。

「く……なんだ、さっきの土人形は？　お前にそっくりなのも驚いたが、どうして魔力反応があったんだ」

「それはあなたを騙《だま》すために私が魔力を付与してたのよ。視界が悪いから、あなたはきっと魔力反応を目当てに動くと思って用意したの」

「なるほど。まんまと引っかかったわけか……」

「そういうことよ～」

タネがわかればどうということはないが、魔力反応に頼っている間は何度も引っかかってしまうだろう。レオルドは新たな課題にどうするべきかと頭を悩ませる。その後も、何度か模擬戦を行ったがレオルドはシャルロットに勝つことはおろか傷一つつける事は出来なかった。

季節は巡り、レオルドが進めていた領地改革も順調に進んでおり、残すは自動車事業だけとなっている。すでに区画整理などは終わっており、移住希望などが多くレオルドは嬉《うれ》しい反面、住民登録などの書類仕事に追われて悲鳴を上げていた。

「いくつかの部署を立ち上げるべきだな。俺達だけじゃ過労で死ぬかもしれん」

「……」

「忙しいのは分かっているが返事くらいは欲しいんだが？」

「レオルド様ほど僕たちは体力ないんですよ！」

「お、おう。すまん。貴重な体力を使わせてしまって……」

良くも悪くもレオルドは鍛えているので多少のオーバーワークでも平気なのだ。しかし、他の文官達はそうではない。一応、軽い運動をしており体力作りは心がけているがレオルドほどではない。だから、文官達はこの忙しさで体力と共に気力も尽きかけており、今にも倒れそうなのだ。

早急に文官を集めなければ嫌気が差してやめてしまうかもしれない。そう考えるとレオルドはまさか自分がブラック企業の経営者になるとは夢にも思わなかっただろう。

(やばいな。労働基準監督署があったら間違いなく訴えられてるわ)

ここが現代日本だったらレオルドの顔は今頃真っ青である。つくづくここがなんちゃって中世ヨーロッパの世界で良かったと思うレオルドであった。

その後もレオルドは死にかけている文官達と書類を片付けていく。終わった頃にはすでに日が沈んで月が世界を照らしていた。

「お疲れさまでした……」

「ああ、お疲れさま……」

帰っていく文官達の背中から哀愁漂う姿は社畜を彷彿《ほうふつ》とさせる。レオルドは本当に彼らのために、人員補充を急ぐのであった。

翌日の早朝、レオルドはいつものように鍛錬を行う。鍛錬する人数も増えて、今では五人になっている。新たに加わったのがジェックスとカレンである。

カレンは主にギルバートに鍛えてもらい、ジェックスはレオルドとバルバロトが相手をしている。最近はジェックスの実力もメキメキと上がっており、バルバロトともいい勝負が出来るようになっていた。しかし、今はまだバルバロトの方が実力は上である。

「くっそ！　いいところまでいったと思ったんだが……駄目だったか～！」

「何を言っている。この短期間でここまで実力を伸ばしたのだから誇ってもいいんだぞ」

「はっ、でも、勝てねえようじゃ話にならねえよ」

地面に腰を下ろしているジェックスにバルバロトが手を差し出している。ジェックスは笑いながら、その手を取り立ち上がる。

「そう言うな。俺は最初お前に負けてるんだからな？」

「あの時は魔剣の能力も知られてなかったからな。純粋に勝ったとは思ってねえよ」

「戦場ではそのようなことは通じんさ。負けた俺が弱かっただけの話だ。まあ、今は俺の方が強いがな」

「へえ、言ってくれるね～。すぐに追い抜いてやるよ！」

「ふっ！　いつでも受けて立つぞ」

その光景にレオルドは笑みを浮かべていた。切磋《せっさ》琢磨《たくま》出来る相手がいるというのは幸せなことだ。お互いに高め合う事が出来るのだから、自《おの》ずと鍛錬にも力が入るだろう。残念なことにレオルドにはもうそんな相手がいない。

今のレオルドは剣術でもバルバロトと同格である。ただし、まだ体術はギルバートに及ばない。それもそうだろう。ギルバートはレオルドの倍以上生きており、現在も鍛錬を積んでいるのだから、そう簡単に追いつくはずがない。

しかし、レオルドは今やゼアトに敵はいない。つまり、レオルドはゼアトではシャルロット、ギルバートに次ぐ実力者なのである。

三人が剣の鍛錬を積んでいる傍らでは、ギルバートがカレンに暗殺術を教えていた。ギルバートは徒手空拳を得意としており、主に体術をメインにカレンに教えている。

その内容は年頃の女の子にはギルバートの鍛錬は辛《つら》いものだろう。容赦のない拳や蹴りはカレンにとっては耐え難い痛みだ。それでも、必死に喰《く》らいついているあたり、カレンは頑張っていると言える。

「もう一本お願いします！」

「その意気ですよ。あなたとの鍛錬は私もつい力が入ってしまいますね」

怯《おび》えることもなくギルバートに飛び掛かる姿は誰が見ても驚きものだろう。カレンの年ならば、普通はお洒落《しやれ》に目覚めたりするのだから、今の姿は信じられないかもしれない。

それでも、カレンには強くなりたい理由があった。

少しでもジェックスの役に立ちたい。今までは探索や情報収集しかしてこず、戦闘は基本不意打ちしかなかった。でも、今は戦う術《すべ》を教えてもらっている。それも、最高の師匠にだ。これは、幸運と言ってもいい。

本来であれば巡り会うことのなかった相手だ。それが、今はこうして数奇な運命を辿《たど》り、自分の体格にあった暗殺術を教えてもらっているのだ。これを幸運と言わずにはいられないだろう。

「やあああっ！」

「動きがお粗末ですよ。もっと、丁寧に」

「あうっ……！」

簡単に転がされるカレンは泥を払いながら立ち上がると、ギルバートに力強い眼差《まなざ》しを向けて拳を構える。自分はまだやれるとアピールするカレンにギルバートは嬉しさに口の端が上がる。

「来なさい」

「はいっ！」

五人の鍛錬は続いていく。レオルドは鍛錬を行いながら、今日も一日頑張ろうと思うのであった。

OVERLAP

エロゲ転生
運命に抗う金豚貴族の奮闘記 3

発　　行　2022年8月25日　初版第一刷発行

著　　者　名無しの権兵衛
発 行 者　永田勝治
発 行 所　株式会社オーバーラップ
〒141-0031　東京都品川区西五反田8-1-5
校正・DTP　株式会社鷗来堂
印刷・製本　大日本印刷株式会社

Printed in Japan　ISBN 978-4-8240-0269-3 C0193